破局

遠野遥

河出書房新社

破局

目と目が合って、彼が恐怖を感じているのがわかった。私がこの位置までカバーに来るとは思わなかったのだろう。筋肉の付き方は悪くない。背も私よりいくらか高い。どうしてもっと自信を持って戦わないのか。私に勝ちたいと思わないのか。憤《いきどお》りを覚え、確実に潰すと決めた。

私をかわそうとして切った彼のステップは、単にスピードを落としただけで、まったく効果的ではなかった。私は彼の体の芯《しん》を正確に捉《とら》えた。衝撃で球が彼の手から零《こぼ》れる。構わずドライブして仰向けに倒す。笛が鳴ってプレーが止まり、これで球は我々のものだ。誰だっていつかは倒れるが、球だけは絶対に守らないといけない。後で厳しく言ってやる必要があった。

プレーが再開し、何度目かのアタックでセンターの選手がディフェンスラインを突破した。カバーにやってきた敵に捕まったが、まだ倒れてはいなかった。私は後方から駆け寄り、彼の腕ごともぎとる勢いで球を奪った。このプレーだけで、何人かの敵を置き去りにした。私の前には敵がひとり残っているだけだった。

彼は小回りが利《き》きそうに見えたから、余計なステップは踏まなかった。向きだけを少し変え、スピードに乗ったまま突っ込んだ。彼は体をあててきたが、姿勢が高く、あまり力が伝わって来なかった。私を止めたいなら、もっと低い位置に刺《さ》さる必要がある。彼を弾き飛ばし、ほとんど勢いを殺されることなく走り抜けた。斜《なな》め後方から、今度は別の敵が追ってきた。足だけなら現役を退《しりぞ》いた今の私よりはずっと速い。でも体がまだできていない。胸のあたりを手で突いてやると、簡単にバランスを崩した。あまりにも簡単だったから、何かいけないことをした気分だ。どうして私がこんな思いをしないといけないのだろう。きっと今はこういうプレーをする人間がチームにおらず、慣れていないのだ。強いチームほど腕をうまく使うから、対応できるようになってもらわないといけない。

走りながら、味方に向かって怒鳴《どな》った。追ってくるのは敵ばかりで、球を預けられる味方が近くに誰もいなかったからだ。少し減速して待ってみても、やはり敵のほうが近かった。適当に捕まり、ファイトせず自分から倒れた。誰かが抜け出したとき、ほかの選手がサポートに走るのは当然で、そういう状況を想定したメニューもやってきたはずだ。ひとつひとつの練習の意味を理解しないまま、ただ機械的にこなしているだけなのだろうか。この点についても、後で厳しく指導する必要があった。

練習が終わり、佐々木の車に乗った。いつものように、佐々木の家で肉を食わせてもらうためだ。

佐々木の家へ行くには、国道に乗る必要があった。しかし考えてみれば、いつか佐々木から国道と聞かされただけで、本当に国道かどうか確かめたことはなかった。車が止まり、左を見ると服を着た白いチワワが歩いていた。私が知らないだけで、チワワはみんな白いのかもしれない。

チワワは四本の短い足をせわしなく動かしながら、前方の確認を怠《おこた》り、私の顔をじっと見ていた。車の窓ガラスが、私たちを隔《へだ》てている。私が見るからチワワのほうも私を見るのだろうと考え、前を向いた。前の車は四角く、大きな鼠《ねずみ》のぬいぐるみがやはり私を見ていて、ナンバープレートに「ち」と書かれていた。左を見ると、チワワはまだ私を見ていた。先程よりいくらか前のほうにいて、首を不自然なほど捻ってまでこちらを見ている。そのうちに車が動いたので、チワワはすぐに見えなくなり、私はもうチワワの心配をしなくて済んだ。

佐々木の家に着くと、肉の前にシャワーを借りた。プレイヤーだった頃はそこまで気にならなかったが、今は何よりも先にシャワーを浴びないと、気持ち悪くて仕方なかった。当時は汗拭《あせふ》きシートで体を拭いただけで塾に行っていた。今では考えられない。体が臭《にお》うと、周囲の人間にも迷惑がかかる。

「もう食えるぞ」

髪を乾かしてリビングに戻ると、鉄板の上で肉が焼けていた。佐々木の妻が慌《あわ》ただしく手を動かし、佐々木はどっしりと座ってビールを飲んでいた。テレビではニュースをやっていて、強制わいせつの疑いで、巡査部長の男が逮捕されていた。走行中の東海道線の車内で、女性の下着の中に手を入れるなどしたという。犯罪者が捕まるのはいいことだ。報《むく》いは受けさせないといけない。いただきますと言って肉を食った。いつものように、旨《うま》い肉だった。

佐々木の妻が私に笑顔を向け、佐々木が旨いかと聞いた。このふたりが、ちょうど私の親くらいの年齢であることを思った。

「今年はどんな新入生が入ってくるか楽しみですね」

グラスを持ち、佐々木の妻にビールを注いでもらいながら私は言った。こうして肉や酒を振る舞ってもらっている以上、こちらから何か話題を提供するのがマナーであるはずだった。

佐々木はビールを飲み、大きくうなずいた。

「三年が抜けて、体のでかい子があんまりいなくなっちゃっただろ。そういう子が入って欲しいよな。陽介《ようすけ》は身長は決して高くないけど、筋肉は最初からすごくてな。俺もこの部活を受け持って丸六年になるけど、やっぱり陽介は少し違ったよ。体だけじゃなくて、相手に突っ込んでいく躊躇《ちゅうちょ》みたいなのも最初から全然なくてな。

今でも覚えてるよ、陽介が仮入部に来たときのこと。途中から大雨になってグラウンドはぐちゃぐちゃで、今日は引き上げようって言ってるのに全然やめようとしなくてな。全身泥だらけになりながら、脇目《わきめ》も振らずに何回もタックルバッグに突っ込んでて。

生まれたばかりの鳥が、最初に目に入ったものを親だと思い込んでついていくって話を聞いたことがあるけど、しつこくタックルバッグに向かっていくお前を見て、俺はなんだかその話を思い出したよ。鳥は親にタックルしないと思うけどな。あのとき俺はまだ顧問《こもん》になったばかりで知識とかも全然なかったから、申し訳ないけどちょっと頭がおかしい子なんじゃないかって思ったな。申し訳ないけど。ほかの一年生もちょっと引いてたよな。

うちは公立だし、はっきり言ってスポーツエリートが集まってくるような学校ではないよ。中学からこの競技をやってた子なんてほとんどいない。けど、それでも陽介みたいな逸材も毎年いないわけじゃないんだよ。でもそういう子は野球部に取られちゃってな。今年はそういう子を獲得したいよな。チームはやっぱり強いほうがいいな。ほかの部活とか、他校の顧問にもでかい顔されなくて済むしな」

佐々木が歯を見せて笑った。あまり白くはない歯だった。佐々木の妻も笑っていた。佐々木の妻の歯は、佐々木よりもう少し黄ばんでいた。彼らくらいの歳になると、人間の歯は自然と黄ばみゆくのだろうか。そうだとしたら憂鬱《ゆううつ》なことだ。夕食のとき、子供を持たないこのふたりはどんな話をするのだろう。私は肉を食べ、もやしも口に入れた。それから米も食った。肉だけ食っていられたら幸せだが、肉だけで腹を満たすのはマナーに反する気がした。

「見ようや」

佐々木が私の左肩を叩き、リモコンを触った。試合の映像がテレビに流れた。私の引退試合だった。佐々木は、何かにつけてこの映像を見せたがる。部の歴史に残るいいゲームだったという。この試合でチームがベストを尽《つ》くしたのは確かだ。我々は最後まで気持ちを強く持ったまま戦い抜いた。しかし相手は後に全国へ行くチームで、準々決勝で当たった我々は今思えばくじ運が悪かった。

敵は主力を温存し、私は試合が始まる前から頭に来ていた。自分たちの出る幕ではないと偉そうに構えている奴らを、嫌でも引きずり出し、出てきたことを後悔するようなタックルを食らわせてやりたかった。

しかし我々は最後まで相手のスター選手たちを引っ張り出せず、終わってみれば決して小さくない点差がついていた。これが果たしていいゲームだろうか。

「確かに相手はスターを温存してた。でも向こうのスタメンは誰も俺たちを舐《な》めてはいなかったよ。特に陽介のことは嫌な選手として意識してたと思う。ほら、見てろよ。今からやるぞ」

密集から球が出る。敵のスタンドオフがパスを受ける。この選手は正レギュラーではないが、率直に言ってとても優秀なプレイヤーだった。判断は的確で速く、競技IQの高さがうかがえた。身長は百八十以上あっただろうか。司令塔でありながら体の強さも申し分なかった。周囲をよく活かしながら、チャンスと見れば自分でも突破を図る。正確なキックを蹴《け》り、ディフェンスも手を抜かなかった。

彼がパスダミーでこちらのスタンドオフの内側を抜く。私は事前に他校との試合映像を何遍《なんべん》も見て、敵をよく研究していた。この選手は、一試合に何度かパスダミーをして自分で走る。きっと我々との試合でもこれをやるだろうと思い、そのときは絶対に後悔させてやると決めていた。映像の中の私が、一気に加速して死角から襲《おそ》いかかる。このときの私は、我ながら速かった。おそらく彼は、タックルを受ける直前まで私に気づいていなかったはずだ。私は首尾《しゅび》よく彼を倒し、我々は球を奪い返した。何人かのチームメイトが駆け寄って私の体を力強く叩いた。意味のない行為だが、そのときは悪くない気分だった。

しかし、このプレーが我々のピークだった。私はこのワンプレーで敵のスタンドオフを潰すつもりだった。が、筋肉の鎧《よろい》を身にまとった彼はすぐに立ち上がり、平然とプレーを続けた。

流れは変わらず、一方的に押し込まれる展開がその後も続いた。確かに我々は最後まで粘《ねば》り強くタックルに入り続けた。佐々木はおそらくその点を評価していいゲームだと言っている。でも我々は相手を脅《おびや》かすようなアタックをほとんどできなかった。

「この試合、俺は好きなんだよ。みんな身を挺《てい》して守ってて。どうせもう追いつけないから手を抜こうなんてやつ、一人もいないだろ。大人になるとさ、いかに手を抜くかとか、そういうことばかり考えるようになるんだ。だから眩《まぶ》しくてな」

佐々木は、いつの間にか涙ぐんでいた。私はそれを見て白《しら》けた気分になり、しばらく肉を食うことに集中した。肉は旨く、やはり佐々木には感謝するべきだろう。我々のチームは佐々木が顧問になってから強くなった。それまで我々の高校は準々決勝まで勝ち上がったことはなかった。

自らは競技経験がないにもかかわらず我々を追い込む佐々木に、当時は怒りを覚えることもあった。自分でやってみろと言いたくなることもあった。今では、あれくらいやってもらってよかったと思っている。やはりスポーツは勝てたほうが面白く、本気でやったほうが得るものも大きい。

私は私をコーチ役に任じてくれた佐々木の期待に応えたかった。今年こそはチームを創部以来初の準決勝進出に導き、かなうことならその先の景色も見せてやりたかった。

*

ベッドから抜け出し、目覚まし時計を止めた。いつものことながら、ぐっすりとよく眠った。心配事があって眠れないという話を時々聞くが、理解できない。考えなくてもいいことを考え、自分で自分の首を絞《し》めているだけではないか。

テレビの電源を入れると、元交際相手の暮らすアパートに侵入して下着を盗んだとして、巡査部長の男が逮捕されていた。私は突然、他人のために祈りたくなった。こんな気持ちは、今までに経験がない。この機会を逃したら、もう二度とこんなふうには思わないかもしれない。

急いでもう一度ベッドに戻った。仰向けになり、胸の上で両手の指をしっかりと組み合わせ、交通事故で死ぬ人間がいなくなればいいと思った。働きすぎで精神や体を壊す人間がいなくなればいいと思った。誰も認知症で子供の顔や名前を忘れたりしなくなればいいと思った。すべての受験生がこの春から望んだ学校に通えていればいいと思った。何かの夢に向けて努力している人間がいるなら、その夢が今日にでもまとめて叶《かな》えばいい。しかし祈った後で気づいたが、私は神を信じていない。私の願いなど、誰も聞いてはくれないだろう。

携帯電話を確認すると、深夜に膝《ひざ》からメッセージが届いていた。自分がずっとツバメだと思っていた鳥が、実はスズメだったことに気づいたという。膝からは今朝になってもう一通、今日が何の日か知っているかというメッセージも届いていた。

頭の片隅で、今日が何の日だったかを考えつつ、裸のまま日課である腕立て伏せやスクワット、腹筋などのメニューを一通りこなした。裸で腕立て伏せをすると、性器が都度《つど》床に触れて面白い。でも、衛生面を考えれば下着を穿《は》いたほうがいい。本当はジムに通ってベンチプレスなども行い、限界まで自分を追い込みたい。腕立て伏せでは自分の体重未満の負荷しかかけられないが、ベンチプレスなら１００キロ以上の重さで大胸筋、三角筋などを広く一度に追い詰めることができる。しかし公務員試験が近づいていたから、それまでは休むことにしていた。

室内でのトレーニングが済むと、適当なウェアを着ていつものコースを走った。家から近く、信号に邪魔されず、水辺を見ながら走ることができるいいコースだった。人が少ないのもいい。走る距離は短いけれど、ダッシュやステップ、ジャンプなどを組み合わせるから、終わる頃には体が心地よい疲労に満たされている。帰り道の途中で外国人の男に道を聞かれ、申し訳ないが私もこのあたりをよく知らない、あなたを助けることができなくて残念だと答えた。男は日本語で礼を言い、私のもとを去った。私は男の左腕に触れながら喋《しゃべ》っていたが、汗をかいていたから、控《ひか》えたほうがよかった。私の体が熱くなっていたせいか、男の腕は冷たく感じられた。

部屋に帰り、膝にはわからないとだけ送った。今日がいったい何の日なのか、私には見当がつかなかった。シャワーを浴び、汗を流した。浴室から戻ると、今日の夜はライブがあるから、来て欲しいのだと返信があった。私は今日も大学の図書館に一日中こもって試験の勉強をするつもりだったから、行けないと返した。すると、すぐに膝から電話が来た。

「お前は知ってたのかよ。そのへんでよくチュンチュンやってる、木みたいな色の、ふっくらしたちっちゃい鳥。たぶん、俺たちが一番よく見る鳥だよ。あれ、ツバメじゃなくてスズメなんだよ。

俺とお前は同じ言語こそ喋るし、同じ大学に同じタイミングで入って、そのへんの他人、たとえば今俺にベランダから頭頂部を見下ろされてる、禿《は》げたスーツの男なんかに比べたら、たぶん共通点も多いだろうし、絆《きずな》みたいなのも、お前はどう思ってるかわからんけど、俺は感じてたりする。

だけど、やっぱり俺とお前は違う人間で、もしかしたら同じ景色を見て、同じことを考えてた時間もあったかもしれないけど、でもやっぱり違うものを見て、違うことを考えてた時間のほうが、圧倒的に長いんだと思う。

だから、俺が一番よく見る鳥はスズメだけど、お前が一番よく見る鳥は、スズメじゃないかもしれない。カラスとかも、けっこう見る気がするし、お前が一番よく見る鳥は、スズメじゃなくてカラスかもしれない。というか、俺もスズメよりカラスのほうがよく見るかもしれない。でもそれは、スズメよりカラスのほうが、パンチがあるからだろうか。カラスを見ると人はどうしてもギョッとするから、それで実際の回数以上に、よく見てる気がするだけなんだろうか。本当のところは、わからんけど。

それから俺は、スズメの色を木みたいだって言ったけど、お前は俺の意図とは違って木の葉っぱのほうを思い浮かべて、もしかしたら緑色の鳥を――」

膝と知り合って、もう四年目になる。膝がこういった意味のない話をするのは、本当に言いたいことが別にあって、それを言い出す踏ん切りがつかないときだと知っていた。空いているほうの手で鞄《かばん》の中身を整理し、カーペットに生えた陰毛《いんもう》をつまみながら相槌《あいづち》を打った。陰毛はなぜ縮《ちぢ》れているのだろう。縮れているせいで、すぐに陰毛とわかってしまうから、何かの拍子《ひょうし》で人に見られたとき、恥ずかしい思いをしなくてはいけない。本の間に、まるで栞《しおり》のように挟まっているときもあって、気を抜くことができない。

意味のない話を散々続けた後に、今日で最後にしようと思うんだと膝が言った。

「今日のライブはな、別に卒業ライブとかそういうのじゃなくて、新入生向けの新歓ライブなんだよ。この時期だからな。でも俺は他人が決めたタイミングで終わりにするのは嫌だから、今日で最後にする。桜も散り始めたことだし、四年生の卒業よりも少し遅くて、一年生が入ってくるよりも少し早い、この何とも言えない俺だけのタイミングで終わりにしてやるんだよ。

サークルの奴らも、俺が今日で引退するなんて知らない。そもそも、俺に対してそんなに興味がない。あいつらは、俺のネタはどう考えても新歓向けじゃないからできれば出ないで欲しいとか、新入生が引いて入部希望者が減るんじゃないかとか、逆に変な奴が入ってくるんじゃないかとか、そういうことしか頭にない。一度でもR－1の一回戦を突破すれば、みんな俺のことを認めざるを得ないだろうし、俺も自信がついたんだけど、結局最後までダメだったな。それだけは少し心残りだ……。

俺は他人と違うことをやりたいと思いながら、一方で他人に認められたいって思いもあって、それが苦しい。たぶんありふれた苦しさだと思うんだけど、それがまた余計に苦しい。俺にしか味わえない俺だけの苦しさみたいなのは、どこかにあるんだろうか？

お前が忙しいのは、俺もわかってるよ。試験、たしか来月の頭だろ？　もうあんまり時間ないよな。でもな、最後だから、来て欲しいんだ。詳細送るから、もし来れたら来てくれよ。俺以外の奴なんて見なくていい。ほかの奴なんてどうだっていいから、俺だけ見て、すぐに帰ればいい。そうすれば、そんなに時間も取られないだろ？」

あらかじめ送信ボタンを押すだけの状態にしてあったのか、電話が切れるとすぐにライブの詳細が送られてきた。会場は日吉《ひよし》キャンパスの、普段は講義で使われている教室だった。日吉には一年前まで住んでいた。三年に上がるとキャンパスが日吉から三田《みた》に変わるので、それで三田に引っ越した。単位を取り損ねた人間は三年になっても日吉に通うけれど、私は単位を落とさないから用がなかった。

ツナやハム、チーズなどを乗せたトーストを何枚か食べた。牛乳で割ったプロテインを飲んだ。ベッドの上で仰向けになり、目を瞑《つむ》って朝の自慰《じい》を始めた。自慰には常に左手を使う。利き手ではない手を用いることによって他人に性器を触られている錯覚に陥《おちい》り、射精に至るまでの時間を短縮することができるのだ。

滞《とどこお》りなく射精し、準備しておいたティッシュで精液を拭き取った。性器からは、射精した後もしばらくは少量の精液が出ている。止まるまで待っていられたらいいが、勉強をしないといけないから、いつも性器が完全に乾く前に下着を穿く。すると下着が汚れる。だからシャワーを浴びる前に自慰をしたほうがいい。しかしそうするとシャワーから出る頃にはまた自慰をしたくなっていて、実際にしてしまう。だから最近はもっぱらこの順序だった。

服を着て家を出た。いつもより時間が遅いのを不思議に思い、膝と電話をしていたからだと気づいた。遅れを取り戻すため、私は普段より早足で歩き、横断歩道の前で小さな子供に会った。子供は黒いスカートを穿き、男と手を繋《つな》いでいた。ふたりは親子のように見えたが、本当のところは他人である私にはわからない。男は三十代後半くらいで、体格がよかった。子供の体が小さいので、男はより巨大に感じられた。

子供は男から遠いほうの手で絵本を開き、泣きながら「本が、本が」と叫んでいた。絵本のページに、くっきりとした折れ目がついていた。貸してごらん、と甘ったるい声で男が言った。男は絵本を閉じ、両手を使って胸の前でプレスした。絵本がなければ、祈っているようにも見えた。余程力を入れているのか、体が笑いをこらえるように震えていた。男は長いことそうしていたが、その間も子供はずっと「本が、本が」と繰り返していた。

やがて男が、折れていたページを子供の前で開いてみせた。ほら、元通り、と男は言った。絵本と子供の顔が、やけに近かった。絵本のページには、やはり折れ目がついている。子供は泣き止まず、「本が、本が」と叫び続けた。子供はなぜか、最初からずっと私の目を見ていた。信号が変わっていたから、私はそれ以上彼らを見なくてよかった。

一年のときからライブを見に行っていたし、膝に連れられてサークルの打ち上げに顔を出したこともあったから、教室の外で何人かの知り合いに会った。宮下《みやした》という商学部の男が、私の知らない後輩らしき女に、膝の友達だと私を紹介した。インスタにカフェの写真を載せていそうな雰囲気の女だと思ったが、私はこの女のことを何も知らない。

膝さんってちゃんと友達とかいるんですねと女は笑った。嫌《いや》な女だと感じたから、私は笑わなかった。膝にだって、ちゃんと友達はいる。女が笑うのをやめたので、私は笑うべきだった。窓の外が気になったと思い、そちらを見た。変わったところは何もなかった。

「俺、今でも覚えてるよ。膝が陽介を打ち上げに連れてきたとき、酔っぱらった膝が陽介をサークルに誘《さそ》ってな。俺とコンビ組まないかってしつこくて。最後のほうなんか顔ぐしゃぐしゃになってて、先輩にもいい加減にしろって怒られてたな。陽介は全然その気がなさそうだから、その温度差が面白くてな。でもよく考えたら、膝が誰かとコンビ組みたいって言ったのはあのときだけじゃないか？結局今までずっとピンでやってるし。誰も膝と組みたがらないってのもあるけどな。絶対面倒くさいから」

嫌な女が笑いながら私のほうに顔を向け、仲良しなんですねと言った。仲良しだと私は言った。この嫌な女は、よく見ると顔がよかった。私は顔の筋肉を使い、ゆっくりと口角《こうかく》を上げた。膝の姿はどこにも見えない。膝はライブの前に話しかけられるのを嫌《きら》うから、私もそれ以上探さなかった。

教室はそれほど大きくなく、開演間際になって中に入った私は、ほとんど席を選ぶことができなかった。両隣を男に挟まれた席と、両隣を女に挟まれた席が目に入り、女に挟まれた席に決めた。

左の女は長いスカートを穿き、携帯電話に「豚野郎」と蛍光で大きく書かれたシールを貼っていた。右の女はショートパンツを穿き、脚を露出させていた。席と席が近いことにかこつけて、私はこの女にわざと脚をぶつけようとした。が、自分が公務員試験を受けようとしていることを思ってやめた。公務員を志す人間が、そのような卑劣《ひれつ》な行為に及ぶべきではなかった。そのかわりに、椅子の位置を念入りに確かめるふりをしながら彼女の脚を盗み見た。教室は既に、舞台の上を除いて照明が落とされていた。それでも、彼女の脚がとても白いことがわかった。顔も見たかったけれど、彼女は下を向いてチラシを読んでいたから、髪に隠れてよく見えなかった。随分《ずいぶん》集中しているようだから、脚は見やすかった。私は昔から、座った女の餅《もち》のように伸びたふとももを見るのが好きだった。

新入生に向けたMCが終わると、普段のライブと同じようにネタ見せが始まった。膝の出番はこの次で、今は男女のコンビが漫才をやっている。先程の顔のいい女がツッコミだった。

舞台の上で見る女は、教室の外で見たときより一層顔がよく見えた。人間は少し離れたところから見たほうが美しいから、一定の距離を保っておくのがいい、と思ったが、考えてみれば人間に限らず色々なものがそうだ。そして、私はセックスをするのが好きだが、セックスをするには人間に近づく必要があるから、なかなかうまくはいかない、とも思った。顔だけでなく、彼女はツッコミもよかった。短いフレーズと長いフレーズを織《お》り交ぜ、聴いていて飽きない。暗い部屋の中で他人と他人の間に座り、私は声を出してよく笑っていた。

突然、舞台上の女と目が合った。二秒に満たないくらいの間ではあったけれど、私たちは互いに見つめ合った。

漫才には影響がなかったし、気にならないと言えば気にならない程度の、些細《ささい》なことだった。しかし、私が演者である彼女を見るのは当然だが、その逆には何か特別な意味があると思った。右手で頬や顎《あご》を触った。前髪の具合を確かめた。別段異状はなかった。不意に、右側の脚を出した女が、漫才を見ていないことに気づいた。口元に手をあて、前屈みになって下を向いていた。私は大丈夫かと声をかけ、彼女の左肩に軽く触れた。私が女の体に触れたかっただけで、触る必要はなかったのかもしれない。彼女は小さくうなずいたけれど、私が外に出ようと言うと、もう一度うなずいた。私は頭を低くしながら狭い通路を進み、彼女も後に続いた。彼女は小柄だったが、何か巨大な荷物を抱えていて、通路を抜けるのに少し手間取った。

扉を開けて教室から出るときに、ちょうど漫才が終わったらしく、背後で拍手《はくしゅ》が起こった。扉を閉めると、拍手はほとんど聞こえなくなった。あの顔のいい女は、私をよく笑わせてくれた。だから私も拍手をしたかったけれど、病人の前だから控えた。

階段を下り、校舎の外に出ると少し風が出ていた。この時季にしては暖かい夜だから、風はむしろ心地よかった。日中に比べれば学生の数はずっと少なく、キャンパスは落ち着いていた。騒々《そうぞう》しく何かを喋っている集団があったけれど、いくらか距離があり、私たちには関係がなかった。

近くのベンチに彼女を座らせ、自動販売機で水と温かいお茶を買った。彼女は水のほうを選んだ。寒くないかと聞くと、寒くはないと答えた。彼女は少しオーバーサイズのトレーナーを着ていた。トレーナーはくたくたになっていて、ずっと前に買ったものか、あるいは誰かのおさがりのように見えた。適当にインクを垂らして作った大きな染《し》みのような柄《がら》が、胸からお腹の部分にかけて入っていた。それはデザインというよりは、私の目には汚れのように映った。でも暖かそうではあった。

彼女は水をたっぷりと飲み、トイレに行った。何が入っているのか、彼女はクリームイエローの巨大なトートバッグを持っていたから、私がそれを見ておくことになった。彼女のことを知りたくて中身を見ようとしたが、やはり公務員を志しているからやめた。外側から揉《も》んでみると、本が何冊も入っているのがわかった。彼女が着ているトレーナーに似て、トートバッグもくたくただった。ベンチの上に置かれたトートバッグは、疲れ切って眠った犬のような印象を私に与えた。

トートバッグの横に座り、時事問題の参考書を読んで彼女を待った。内容にうまく集中できず、何ひとつ身につかなかった。喉《のど》が渇《かわ》いているとわかり、彼女が選ばなかった温かいお茶を飲んだ。戻ってきた彼女は、少し顔色がよくなったように見え、安心した。安心したということはつまり、私は彼女の具合がよくなればいいと願っていたのだ。

カフェラテを飲んだのがいけなかったのだと、ベンチに腰を下ろした彼女は言った。カフェラテを口にすると、時々気分が悪くなるという。私たちの間には彼女のくたくたになったトートバッグがあり、こうしていると、まるで私たちふたりの飼《か》い犬のようだった。

「味自体はすごく好きなんですよ。飲み物の中で一番好きなくらいに。でもやっぱり気持ち悪くなるのは嫌だから普段は我慢するんですけど、我慢してる分、発作的にどうしても飲みたくなる日があって。そのときはもう、ギャンブルをやるような気持ちで飲むんです」

特に面白かったわけではないけれど、私は少し笑った。こちらが笑うのを期待しているような話しぶりだったから、笑うのが礼儀だと思った。彼女も笑顔を見せてくれたから、笑ってみてよかった。

「でも、けっこう治りました。いつも、そんなに長くは続かないんです」

それなら教室に戻るかと聞くと、もういいと彼女は言った。上級生に誘われ、なんとなく断ることができなかっただけだという。もう少し彼女と話していたかったから、私には都合がよかった。私は彼女の名前を聞いた。灯《あかり》というのだと彼女は言った。

ふと、校舎から膝が出てくるのが見えた。膝はひとりだった。右手に何かの缶を持っていて、膝のことだからきっと酒だ。歩き方や顔つきからして、今さっき飲み始めたばかりとは到底思えず、ライブが始まる前から飲んでいたに違いない。膝は私を見つけると、なぜか顔を伏せながらこちらへやってきた。灯が怯えていたから、知り合いだと教えてやった。

「やりきったよ。最後まで俺のやりたいようにやってやった。今日はつぶれるまで飲んで、明日からは就活モードだよ。お笑いのことなんて思い出す暇がないくらい、びっしりと予定入れてやるんだ。それで思いっきり忙しい会社に入って、毎日遅くまで一生懸命働くんだよ。で、忙しい分給料はいいはずだから、とにかく女に使う。服とか時計とかにも使うけど、それも要するに女を抱くためだよ。酒に酔ってるときと、女を抱いてるときだけは余計なことを考えなくて済む。お前もそう思うだろ?」

膝は据《す》わった目で私を見た。私はいつでも正気を保っていたいから、酔うまで酒を飲んだりはしない。それに灯からの印象を悪くしたくないから、曖昧《あいまい》な返事をした。

「そうだよな。それで……何の話をしていたんだっけ？　そう、俺はこんな感じだけど、高い飯食わせてやったり欲しいもの買ってやったりすれば、それでもって選り好みさえしなければ、ついてくる女はいるだろう。誰もついてこなかったら、そのときは風俗だよ。

お前はどうせ風俗なんて行ったことないからわからないだろうけど、風俗で働いてる女の人って、俺けっこう好きなんだ。警察官とか消防士って格好いいだろ？　俺は体弱いし、勇気とかもないから絶対務《つと》まらないけどな。あの人たちがどうして格好いいかっていうと、体張ってるからだと思うんだよ。そういう意味では、俺はお前のこともすごいやつだと思ってる。毎日が交通事故みたいなあんなスポーツ、俺には絶対できないよ。同じ格好よさを、俺は風俗で働いてる子たちにも感じる。身ひとつで頑張ってて、すごいと思う。ダイレクトに人の役に立ってるところも、警察官とかに通じるところがあるよな。

俺は何か、間違ったことを言ってるかな。君はどう思う？　間違ってたら、間違ってるって教えて欲しいんだ、そのほうが成長できるから。いい会社に入って金をしこたま稼《かせ》ぐために、俺は成長していかないといけない時期で」

膝は灯をまっすぐに見ていた。灯もぽかんとした表情で膝の顔を見つめていた。せっかくライブに来てくれた新入生にあんまり絡むなと私は言った。灯の首が、白くなめらかだった。いつの間にか性器が勃起《ぼっき》していたから、それを隠すために脚を組んだ。

「それで……何の話だっけ？　でもとにかく、新入生なんだね。ありがとうね、来てくれて。みんな喜んでる。俺は今日で抜けるけど、悪くないサークルだとは思うよ。

去年まではね、M－1の一回戦を一度突破したからって、まるで天下でも取ったように調子乗ってる先輩のコンビがいて、それはたしかにすごいことだし、ツッコミのほうは普通にいい人なんだけど、ボケのやつが最悪で、俺なんかその先輩から、独自の世界観持ってますアピールっていうか、人と違うことやってやろうってのが完全に空回りしてて痛いし、何より根本的に面白くないし技術とかも全然ないって言われたんだよ。

それはその通りかもしれないけど、一生懸命やってる人間に、どうしてそんなひどいことを言えるんだ？　でもその先輩はもう卒業したから君は大丈夫」

会えてよかったと言って、膝は校舎のほうへ戻っていった。


私たちはキャンパスを出て、駅の反対側にあるカフェに入った。酒が飲める店に連れていくつもりだったけれど、ふと気づいて灯に年齢を聞くと十八だというからやめた。灯の体を思えば酒を飲ませるわけにはいかないし、何より法律で禁止されていた。

私がアイスコーヒーを頼み、灯は温かい紅茶を頼んだ。無言でウィジャ盤《ばん》を囲んでいる髪の長い女たちの集団があり、灯はそちらに気を取られていた。私はあまり見ないほうがいいと言って、なるべく離れた席をとった。私が四年生だと知ると、灯は少し恐縮したような素振りを見せた。灯は滋賀から先月こちらに越してきたばかりだった。住んでいるアパートまでは、ここから歩いて十分もかからないという。

私が法学部だと言うと、かしこい、と灯は言った。灯は商学部だった。灯の巨大なトートバッグからは、大学のシラバスや履修情報誌が出てきた。どちらも付箋《ふせん》が貼られ、書き込みがあった。学部が違う私でも、教養科目なら相談に乗ることができる。一緒にページをめくりながら、この授業はやめたほうがいいとか、この授業はおすすめだとか、そういう話をした。灯は私の言うことを熱心に書きとめ、あまりにも顔をテーブルに近づけるものだから、つむじがよく見えた。灯のつむじは、少し地肌が見えすぎている気がした。私はそれをかわいそうに思い、隠してやりたくなった。でも女のつむじに注目したことは今までなかったから、案外これくらいが普通かもしれない。

灯はやがて、私が体を鍛《きた》えていることに気づき、少し興奮《こうふん》した様子で、いったい何をしているのかと聞いた。私は腕まくりをし、力こぶを作った。触っても構わないと言うと、灯はまず右手の人差し指でつついて具合を確かめ、それから両方の手でそっと包み込んだ。筋肉を好きな気持ちが、触り方から伝わった。灯の手にはやけに熱がないけれど、それは私の体温が高いせいかもしれない。割れた腹筋も見せてやろうかと思ったが、私と灯は初対面で、ここは公共の場だった。

かわりに服の上から大胸筋を触らせてやると、灯は嬉しそうに笑い、それを見た私も嬉しかったか？

「試験、陽介君ならきっと大丈夫ですよ。応援してます」

カフェから出る頃には、灯は私を下の名前で呼ぶようになっていた。家まで送って行こうと考え、灯の笑顔を見てやめた。反対に、灯が私を駅まで送ってくれるという。連絡先を交換したから、また会えるはずだった。私の試験が終わったら食事に行く約束もした。

「ねえ、これってなんですか？」

改札の前には銀色の球のようなオブジェがあって、灯はそれを指差していた。

これはぎんたまだと教えてやると、灯は少し笑った。

「名前は聞いたことあるんですけど、何を意味してるのかなって」

灯の疑問に、私は答えられなかった。意味なんてわからないし、考えたこともない。左手で灯の頭を軽く押さえ、右手で髪の毛をゆっくりとすいた。指先に挟んだ小さなゴミを風に流すと、灯は恥ずかしそうに笑った。

「いつからついてたんだろう。やだなあ」

それは私が私のニットから今さっきむしり取った毛玉で、灯の髪についていたのではなかった。私は灯を安心させようとして、きっと今さっきだろうと微笑《ほほえ》んだ。私の父は、私がまだ小さい頃にいなくなった。だから思い出はほとんどないけれど、女性には優しくしろと、口癖《くちぐせ》のように言っていたのだけはよく覚えている。どうして女性に優しくしないといけないのかはわからないが、私は父の言いつけを守っていたかった。ああしろこうしろと言われたら煩《わずら》わしく感じるかもしれないけれど、ひとつしか覚えていないのだから、せめてそれくらいは守っていたかった。

ぎんたまの前で、私たちは手を振り合って別れた。

＊

店内を眺め、少し背伸びをしすぎたと気づいた。学生らしき客は自分たちのほかに見あたらない。場違いであるように感じ、早く部屋に戻りたかった。

本格的なフランス料理など食べたことがなかったから、昨日の夜に動画を見て、テーブルマナーを覚えた。間違ったことはしていないはずなのに、自分の動作ひとつひとつがぎこちないものに思えて仕方なかった。

「潮風《しおかぜ》で髪がひどいことになってそう。大丈夫かな」

きれいだよ、と私は言った。麻衣子《まいこ》は何も言わずに微笑み、あさりをゆっくりと口に運んだ。もしかして、先程のクルージングが気に入らなかったのだろうか。麻衣子はネガティブな感情をはっきりと言葉にせず、遠回しに伝えることが多い。いつしか、麻衣子の言動を深読みする癖がついていた。

私はあさりを食べながら、麻衣子が初めて見るワンピースを着ていることに気づいた。また新しいのを買ったのだろう。特別な場合を除けば、麻衣子はワンピース以外の服を着ない。実に多くのワンピースを持っていて、同じ月に同じワンピースを着ることはない。今日のワンピースは茄子《なす》のような色をしていて、ピンク色の小さな花が、茄子を隠すようにいくつも咲いていた。私には花の区別がつかないから、花の名前はわからない。

コースの最後に、あらかじめ頼んでおいたバースデーケーキが出た。ケーキを運んできた従業員は、私たちふたりにしか聞こえないくらいの声で祝いの言葉を述べて去った。麻衣子はケーキをひとくち食べ、おいしいと目を細めた。でも大きくて全部は食べられないというから、相当な割合を私が食べた。つまり、本当は口に合わなかったのかもしれない。陽介くんのお腹がぷよぷよになっちゃうと麻衣子が心配そうな顔をしたので、帰ったらしっかりトレーニングをするから問題ないと言って安心させた。

レストランを出てエレベーターに乗り、無理をして取った高層階の部屋に戻った。窓際に立つと、花火のように眩《まばゆ》く光る大きな観覧車が見えた。

「海側の部屋より、こっち側のほうが色々見えてきっと楽しいよね」

麻衣子が私の隣に来て言った。海がよく見える部屋がよかっただろうか。でも海は光らないから夜になれば真っ暗だ。見えないならそこにないのと変わらない。しかし明日の朝目が覚めたとき、そこに海があるのは気分がいいかもしれない。麻衣子を抱き締め、長いキスをした。私は、ここへ来る途中トイレへ寄り、口の中をよくすすいだ。だから食べ物はもう残っていないだろう。

近頃、私たちには時間がなかった。麻衣子は政治塾に通い、時々父親のつてで知り合ったという議員の手伝いもしていた。何年か社会人経験を積んだ後は、自分もどこかの議員に立候補するつもりだという。大学の講義やゼミも手を抜いている様子はなく、最近は就職活動も始め、私の相手をしている暇はいよいよなさそうだった。最後にセックスをしたのは、一ヶ月以上前だったか。付き合っているのだから、私は麻衣子ともっとセックスをしたい。本当なら毎日したいけれど、勉強もしたいから、二日に一度くらいが適当だろうか。しかし麻衣子がしたくないなら、無理にセックスをすることはできない。無理にしようとすれば、それは強姦《ごうかん》で、私は犯罪者として法の裁《さば》きを受けるだろう。それに、私は麻衣子の彼氏だ。麻衣子の嫌がることはできない。麻衣子が目標に向かって頑張っているなら、それを応援するのが私の役目だろう。

　私の性器が麻衣子の腰に接触し、ナイフのように勃起していた。勃起した男性器を押しつけられるのは、いったいどんな気分か。興奮するか。もっと押しつけて欲しいか。熱いか。硬いか。何とも思わないか。どうでもいいか。汚いか。不快か。頭にくるか。悲しいか。苦しいか。泣きたいか。許せないか。早くこの時が過ぎて欲しいか。少し気になったが、勃起した男性器を押しつけられた経験のない私にはわからない。私としては、麻衣子の腰に性器を押しつけているのは、悪くない気分だった。

　麻衣子のワンピースのジッパーに手をかけ、そっと下ろそうとした。すると麻衣子は、やんわりとそれを拒んだ。月のものの都合で、今日は難しいという。月のものという表現を私は知らず、麻衣子が言っていることを理解するのが少し遅れた。麻衣子の左肩にそっと触れた。痛みや気分は大丈夫かと聞くと、麻衣子は微笑んだ。私も真似をして微笑んでみた。私の性器はまだ硬いままだったから、恥ずかしくなって観覧車のほうに体を向けた。恥じることではない気もしたが、やはりマナーとして見せるべきでないと判断した。私がワンピースの色を褒《ほ》めると、前に着たときも褒めてくれたと麻衣子は言った。麻衣子が髪を洗いたいと言ったので、私はホテル内のショップを見に行くと言って外に出た。でもすぐに気が変わって部屋に引き返した。

　部屋の明かりを消し、窓際に立ってズボンと下着をまとめて勢いよく下ろした。ふと思い立って足首にズボンと下着を引っかけたまま歩き、鞄から携帯電話を取り出してまた窓際に戻った。観覧車の光が、私の性器を紫に染め、それから青く照らした。私は私の性器が様々な色に変化するのをしばし楽しみ、やがて肩の上に一条の陰毛が乗っているのを認めた。カーペットなどに落ちているのはよく見るけれど、肩の上に乗っているのは初めてで、きっとこれは何かのしるしだと思った。

陰毛を指でつまみ、観覧車の光を浴びせてやる。陰毛は私の雄々《おお》しい性器と比べてあまりにもか細く、色が変化する様は見て取れなかった。今日まで私の性器を守っていたこの陰毛は、抜け落ちた今、ただのゴミになろうとしていた。文句も言わずに仕事をしてきたのにあんまりな仕打ちだと思い、私はこの陰毛をなんとかしてやりたくなった。何か使い道はないだろうか。たとえば小銭入れに忍ばせておいたらこの先一生女に困らないとか、そういう効果はないだろうか。あって欲しかった。しかし小銭に陰毛が混じっているのはどう考えても不快だった。

私は彼を、床に落とした。床に落としてしまうと、彼はもうどこにいるのかわからなくなった。このホテルは清掃が行き届いているから、明日にはスタッフが掃除機で彼を吸い、暗い箱の中に閉じ込めるだろう。私の性器が、まるで十二時を指し示す長針のように、観覧車に向かってまっすぐ勃起していた。それを見た私も気分が昂《たか》ぶり、本来脱ぐ必要のない上の服を脱いだ。

携帯電話を確認すると、灯からメッセージが届いていた。

今日は陽介君に教えてもらったかくれんぼサークルに行きました。入るかどうかはわからないけど、すごく楽しかったです。私、子供の頃からかくれんぼが上手で、今日も最後まで鬼に見つからなかったんです。もしかして私、かくれんぼの天才なのかも……。

最近、大学やバイト先に持って行くお弁当を作るとき、陽介君のことを考えます。もしキャンパスが一緒だったら、陽介君の分も作ってあげるのになって。実家にいたときからずっとしていたから、実は料理にはちょっと自信があるのです。いつか、食べてもらえる機会があるといいなあ。

お勉強、がんばってくださいね。応援してます。

灯、と私はつぶやいた。もしも灯がここにいたらその体を抱き締めたいが、灯は今ここにいないから、灯からのメッセージが表示された携帯電話をかわりに抱き締めた。しかし携帯電話は抱き締めるには小さすぎて、うまくいかなかった。

私の体が橙色《だいだいいろ》に染まり、それから赤く光った。

初めて会った日から、私たちは毎日欠かさず連絡を取り合っていた。試験勉強が軸となった無味乾燥な日々の中で、灯と交わすメッセージが私を慰《なぐさ》めていた。一方で麻衣子とのやり取りは、待ち合わせ時間の連絡であるとか、事務的なものが大半を占めていた。連絡を取らない日も少なからずあった。付き合った当初は、用がなくても毎日何かしらのやり取りをしていたことを思い、それ以上考えるのをやめた。

灯の白い脚を思い浮かべながら観覧車に向かい、左手で自慰に耽《ふけ》り続けざまに二度射精した。十分もかからなかっただろう。性欲が満たされると情緒《じょうちょ》も安定し、裸で携帯電話を抱き締めていた自分を滑稽《こっけい》に感じた。おそらく私は何かに酔っていて、でもそれは精液とともに私から抜けていったのだ。麻衣子とふたりきりの夜も、これなら心安らかに過ごすことができるだろう。

性器と窓、それから床を丁寧《ていねい》に拭いて服を着た。今の私は、麻衣子のために何かをしたい気分だった。そして、考えてみればそれは当然だ。私は麻衣子の彼氏で、今日は麻衣子が生まれた大切な日だから。麻衣子がシャワーから戻ったら、時間をかけて全身をマッサージしてやるのもいいかもしれない。麻衣子はヒールのある靴を履《は》くことが多いから、足の裏やふくらはぎを重点的にやろう。並の男なら三十分もすれば腕が動かなくなるだろうが、私なら一時間でも二時間でも、それを続けられるだろう。麻衣子が眠りにつくまで続けるのがいいかもしれない。そうすれば麻衣子は今夜、何かいい夢を見るだろうか？　せっかくの誕生日だから、麻衣子には夢の中でもいい気分でいて欲しい。

＊

この前は来てくれてありがとう。もっと早くちゃんと礼を言おうと思ってたんだけど、飲み過ぎて携帯も財布も眼鏡も全部なくして、ちょっと大変だったんだ。体調もずっとよくなくて。

酒なんて飲むもんじゃないよな。でも飲んじゃうのは仕方ないと思うんだ。どこにでも売ってるんだから。誰でも簡単に買えちゃうのがいけないんだよ。たとえば、ビールが一缶一万円くらいしたとする。それなら俺だって飲まないよ。いやどうかな、約束はできないけど。一番いいのは、この世から酒がなくなって、しかも人々の記憶からも消えてなくなることかな。あらゆる記録からも消えて、そんなものが存在してたことさえ誰も知らない状態。そしたら飲酒運転とか酔って暴れる人とか、アルコール依存症なんかもなくなって、もう少しみんな幸せに、ならないよな。俺だってわかってるよ、そんなに単純じゃないことくらいは。

今日、エントリーシートってやつを初めて書こうとした。一時間くらい粘って、名前とか生年月日とか、そういうことしか書けなかった。誰にだって欠点はあるはずなのに、そういうところには一切触れず、長所ばかり並べ立てないといけないんだよ。そういうの、気持ち悪くないか？

気持ち悪いと思いながら、みんな我慢して書いてるんだろうか？　そういう人間のほうが立派なんだろうか。自分の欠点を隠して良いところばかりぺらぺらと喋るような人間には、俺はなりたくない。どうしても御社《おんしゃ》で働きたいんです、みたいなことを何十社に対して書いてさ。俺はひとりしかいないのにだよ。何十社も受けてるやつは、全員頭がおかしくなってるに違いないよ。もしかして、頭がおかしくならないと内定はもらえないのか？

勉強の邪魔してごめん。来てくれて嬉しかった。

＊

麻衣子の誕生日以降、私はほとんど誰にも会うことなく公務員試験の勉強に集中した。筋トレと自慰と勉強を繰り返すだけの日々だ。特別記憶に残ることもなく、毎日があっという間に過ぎた。

時間をかけて準備しただけあって、試験の手応えはすこぶるよかった。選択式の問題は自信を持って答えられるものばかりで、論文の出題テーマも予想通りだった。どう考えても受かっているため、自己採点をする必要も感じなかった。筆記試験だけで採用が決まるわけではなく、来月には面接があるから、その対策も始めないといけない。でも今はとにかく筆記を終えたことを喜びたかった。

会場から駅までの道を歩きながら、試験はうまくいったと麻衣子にメッセージを送った。どこかで食事をして、今日は久しぶりにうちに来ないかとも書いた。詳細は決めていなかったけれど、試験の後に会おうと約束をしていた。駅が見えた頃、麻衣子から電話が来た。おめでとう、うまくいったのねと麻衣子は言った。私は脇道に入った。駅のように人が密集している場所で電話をするのは、あまり好きではなかった。

「ごめんね、それで、本当に申し訳ないんだけど、ちょっとしたお呼ばれがあって、これから小山《こやま》先生の家に行かないといけなくなってしまったの。急な話なんだけど、夕食に招待されて」

小山は、麻衣子が自分の勉強のために時々手伝いをしている議員だった。聞けば、議員仲間が小山の家に来るらしく、会っておいたほうがいいと熱心に誘われたという。議員の知り合いが増えるのは麻衣子の将来にとっていいことかもしれないが、将来のためという理由で、麻衣子はいったいどこまで小山の要求を受け入れるのだろうか。麻衣子に以前聞いたところでは、小山は五十代の半ばで、既婚者だった。五十過ぎだろうが既婚者だろうが、男は男で、性器もまだまだ勃起するだろうと思った。少し離れたところに、カラスが一羽いた。カラスは道に落ちた何かの袋をつついていたが、それをやめ、私の顔を見た。ありがたい話じゃないか、気にせず行っておいでと私は言った。電話を切った。カラスが私に背を向けて飛び去った。

立ち止まっていた私を、赤いスカートを穿いた小さな子供と、三十代後半くらいの男が追い越していった。男は短髪で、少し丈の長すぎるボーダー柄のポロシャツを着て、銀縁の丸眼鏡をかけていた。子供は男よりも少し先を歩き、横断歩道を渡っていた。そこへタクシーが左折してきた。運転手は、子供に気づくのが少し遅れたのか、やや急なブレーキの踏み方をした。スピードはそれほど出ていなかったから、子供とタクシーの距離はそれほど剣呑《けんのん》なものではなかった。

子供はタクシーを一瞥《いちべつ》しただけで、足を止めることもなく横断歩道を渡り切った。眼鏡の男がすぐに駆け寄り、ねっとりといたわるように子供の肩に触れた。五十過ぎくらいに見える男性の運転手が、車体に隠れて見えなくなるほど深く、何度も繰り返し頭を下げた。子供はその間、意見を求めるように私の顔をじっと見ていたが、やがて男に手を引かれて再び歩き出した。彼らは駅と反対の方向へ歩き、男はしつこく運転手をにらみ続けていた。子供が私を振り返り、男に何かを言われてすぐに前を向いた。

手に持ったままだった携帯電話が再び振動した。麻衣子が私に何か伝え忘れたのかと思ったけれど、電話の相手は灯だった。

約束の時間よりも早めに着いたはずだったが、灯は既にぎんたまの隣に立っていた。灯とぎんたまの間には妙に打ち解けた雰囲気があり、まるで幼馴染《おさななじみ》のようだ。

灯は今日も、インクの染みのような柄が入ったトレーナーを着ていた。この変な服が灯のお気に入りなのかと思うと、おかしくて笑いそうになった。どうして笑っているのかと灯が聞くから、どうやらこらえきれずに笑ってしまったらしい。昨日読んだ漫画を思い出したと説明すると、灯は笑い出し、私もそれを真似て笑った。

灯を店まで案内し、予約しておいたカウンター席に着いた。日吉に住んでいた頃、気になってはいたものの、結局一度も行かなかったパスタ屋だった。しかし、二年も住んでいて行かなかったのだから、気になってなどいなかったのかもしれない。

メニューにカフェラテがあるのを見つけて教えてやると、灯は気分が悪くなってパスタが食べられなくなったら大変だからと笑い、ジンジャーエールを頼んだ。酒は飲まないのだろうかと考えてから、灯がまだ未成年だったと思い出した。ひとりだけ酒を飲むのはマナーに反するので、私はアイスコーヒーを頼んだ。一冊のメニューをふたりで覗《のぞ》き込みながら、いくつかの前菜とパスタ、ピザと肉を注文した。灯が値段を気にしているようだったので、私が払うから心配ないと言って安心させた。

それから私は、時間を気にすることもなく、リラックスして灯との食事を楽しんだ。試験が終わった解放感からか、私は普段の私よりもよく喋った。大して面白くもない私の話を、灯は楽しそうに聞いた。その一方で、お腹が空いていたのか、灯はよく食べた。最初に注文した料理だけでは足りず、別のパスタを追加で頼んだ。この店のパスタはふざけているのかと思うほど太かったが、灯は気に入ったようだった。

「膝はネタを書き始めると、何日か家にこもるんだ。あいつは基本的に寂《さび》しがりやなんだけど、ネタを書いてるときだけは誘っても来ないんだよ。その時期は風呂にも入らないし、メシもカップラーメンとか、そういうのしか食わない。で、それだけ時間をかけて真剣に書いたネタなのに、なぜか本番になると書いた通りにやらない。全然別の、その場の思いつきみたいなことをやる。だからいつもウケなくて、それで落ち込んで、つぶれるまで酒を飲むんだよ」

先程から、私は膝の話ばかりしていた。こんな話を、灯は聞きたいだろうか。しかし私は、なぜか灯に膝のことを知って欲しかった。

「そうだ、前にライブの動画を送ってもらったことがあるんだよ。頼んだわけじゃなくて、勝手に送られてきたんだけど。ちょっと待って」

携帯電話を操作し、膝の動画を探した。しかし動画はなかなか見つからなかった。これおいしいですよと灯が言った。追加で頼んだ魚のパスタを食べている。膝を今度連れて来ようかと言うと、ぜひ会ってみたいという。その様子を見て、私はやめておこうと思った。

尿意《にょうい》を催《もよお》し、私はトイレに行った。それほど広い店ではないこともあり、トイレはひとつしかなく、男女共用だった。ドアを開けると男の尻があり、すみませんと言ってすぐに閉めた。考えてみれば、小便をするだけなら尻を出す必要はないし、謝《あやま》るべきなのは、鍵《かぎ》をかけずに小便をしていたあの男のほうだ。しかし考えるより先に謝罪《しゃざい》の言葉が出てくるのは、私が善良な人間である証拠《しょうこ》かもしれない。

しばらくすると、男は何事もなかったようにトイレから出た。男は腹の出た中年で、顔が赤かった。半身になって男を避け、中に入ると便座が上がっていた。男女共用のトイレで便座を上げたままにしていく男が、私は物心ついたときからずっと許せなかった。なぜならそれは、次に使用する人間のことを考えていない、身勝手でマナーに反する行為だからだ。男が入る前から上がっていた可能性もあるけれど、あの男にはいかにも上げた便座をそのままにしそうな雰囲気があった。あの男に違いなかった。私は怒りを抑えながら便座に右手をかけ、すぐさま飛びすさった。背後の洗面台に、腰のあたりを強くぶつけた。黒い虫が、素早く便器の裏手へ入っていき、すぐに見えなくなった。ぞっとするような感触が手に残っていた。直ちにここから出るべきなのか、それとも先に手を洗うべきなのか、正解がわからないままトイレを出た。

席に戻ると、灯は下を向き、携帯電話の画面を指でつついていた。灯のくたくたになったトレーナーを見て、私は少し安心した。腰を打ったせいか、尿意はもうなかった。だから当初の目的は果たせたような気もした。

入店時に出されたおしぼりに目が留まり、せめて手を拭こうとした。しかし薄いおしぼりにはほとんど水分が残っていなかった。テーブルの上に置かれた食後のコーヒーを飲もうとして、途中で手を引っ込めた。

「あの、聞いてくれますか」

灯が言った。灯はコーヒーカップを両手で持ち、自分のふとものあたりを見つめていた。灯の様子が、トイレに行く前とどこか少し違っているように思えて、私は身構えた。しかしすぐに、悪い話ではないだろうと、楽観的に考えた。

先程の便座を下げなかった男と、その連れの短いスカートを穿いた若くない女が、満ち足りた表情で店の外に出ていった。いつの間にか、客は私たちしかいない。この店は音楽をかけておらず、厨房《ちゅうぼう》からも物音はほとんど聞こえなかった。

「今日、ケーキを作ったんです。陽介君の試験が終わったお祝いにと思って。でも、そのケーキはここにはないんです」

灯はうつむき、表情が確認できない。カウンターの向こうには端整《たんせい》な顔立ちの若い男がふたり立っていて、なぜか私を監視するようにずっと見ていた。彼らの手はまったく動いておらず、ただそこに立って私を見ているだけだった。

「冷蔵庫の中においてきたんです。傷んでしまうから。だから食べに来ませんか、うちに。前に陽介君が好きって言ってた、チョコレートケーキですから。きっとおいしいです」

虫に触れていないほうの手でコーヒーカップを持ち、ひとくち飲んだ。そして、とても嬉しいけれど、彼女に悪いからそれはできないと言った。

彼女がいると灯に言ったのはこのときが初めてで、私は灯を失望させたのではないかと思った。でも灯はなぜか笑っていた。それならせめて、家の前まで受け取りに来て欲しいという。私はもうひとくちコーヒーを飲んだ。


中に入るとすぐにキッチンがあり、キッチンと居室の間に扉はなかった。居室にはベッドと小さな白いローテーブル、画面の大きくないテレビ、それから水槽《すいそう》があった。ほかにはほとんど何もない。狭い部屋だが、物が少ないから窮屈《きゅうくつ》だとは感じなかった。

ケーキを取ってくると言って部屋に入った灯は、なぜか何も持たずに戻ってきた。そして心底困ったように、ケーキを入れる容器がないと言った。

「少しだけでいいから、上がっていきませんか。それに、シャンパンも買ってあるんです。私、未成年だから、陽介君が飲んでくれなかったら捨てることになっちゃいます」

灯は今、トイレに入っている。トイレと居室の距離が近いため、音が私に聞こえてしまわぬよう、灯は細心の注意を払わなければいけないだろう。私も配慮《はいりょ》してなるべくトイレから遠い位置に座り、背を向けて水槽を眺めていた。水槽の中には、名前のわからない小さな赤い魚が何匹か入っていた。数えてみると十一匹だった。動くものを数えるのは難しい。両手の指を使い、それでも何度かやり直さないといけなかった。トイレから出た灯は、何か難しい問題について考え込むような顔をしていた。それが面白くて、私は少し笑った。

水槽を指差してこれは何の魚かと聞くと、灯はメダカだと答えた。赤いからメダカだとわからなかったが、言われてみればメダカの顔をしていた。メダカをこうしてまじまじと見るのは久しぶりだった。小学生の頃は、教室の後ろのほうにメダカが入った水槽があって、時々こうして眺めていた。あのときのメダカは、何色なのかよくわからない、もっと曖昧な色をしていた。

「かわいいですよね、赤くて。去年の夏の終わり頃に生まれた子たちなんですって」

灯はキッチンで手を洗っていた。水の音を気にしてか、灯は少し声を張りすぎていた。私はまた笑った。今度は先程と違い、長いこと笑っていた。何が面白いのかは、私にもわからなかった。とにかく笑えて仕方なかった。

手を洗いながら、灯は大きな声で、十二匹のメダカそれぞれに干支《えと》の名前をつけたと説明した。しかしメダカたちの区別はついていないというから、私が今見ているのは戌《イヌ》かもしれないし、寅《トラ》かもしれないし、未《ヒツジ》かもしれない。私はもう一度メダカを数え、水草の陰に隠れるようにして死んでいるメダカを見つけた。干支のうちどれが欠けたのかは、灯にもわからないことになる。でも確かにこれで十二匹だった。キッチンのほうを見ると、灯はまだ手を洗っていた。肘の上までまくった袖にさえ泡がついていて、腕を洗っていると言ったほうが近かった。灯の素足が目に入り、これを見るのは初めてだと気づいた。人は外に出るとき靴を履くから、今までは見る機会がなかったのだ。

シャンパンが入ったグラスに口をつけ、灯が作ったチョコレートケーキを食べた。私がケーキをあっという間に平らげると、灯は私の右肩を触り、おかわりもあると笑いながら立ち上がった。立ち上がるときに、灯のどこかの骨がこきと鳴った。座っているだけで酒やケーキが出てくるので、私はいい身分だ。靴を脱いだ私の足が臭うのではないかと心配になったが、灯がいつこちらを振り向くかわからず、嗅《か》いで確かめることはできなかった。

「彼女さんとは、うまく行ってるんですか」

灯はおかわりのケーキと一緒にグラスを持ってくると、当然のようにシャンパンを注いで口をつけた。私はそれについて何かを言おうとして、途中で何が言いたいのかわからなくなってやめた。灯が先程よりもずっと私の近くに座っていて、肩や腕が接触していた。そのことを意識すると、ほかのことはうまく考えられなかった。シャンパンをひとくち飲んでから、よくわからないと答えた。先程よりも、天井や部屋の壁が私に近いように思った。干支の名前のついた赤いメダカたちを見たくなったけれど、水槽は私の真後ろにあって、うまくいかなかった。

灯が私の右肩に寄りかかった。私の肩は枕やクッションとは違うから、硬くて据わりが悪いだろう。私は灯の体に腕を回し、動かないように固定してやった。

「実を言うと、最近はあまり会ってないんだ。俺もこの頃は試験勉強で忙しかったけど、麻衣子は、麻衣子っていう名前なんだけど、麻衣子は政治家を目指してるから、俺なんかよりずっと忙しいんだ。少なくとも二十五になるまではどこかの会社で働くらしいから、今は就活もしないといけなくて。

政治家なんて、俺はどう頑張ってもなれないだろうけど、麻衣子なら本当になれるかもな。すごく努力してるから、麻衣子がなれないんだったら誰がなれるんだろうって、俺なんかは思うよ。今日は、試験が終わったら会う約束をしてたんだ。でも急に知り合いの議員の家で夕食を食べることになったらしくて。残念だけど、ほかの議員も来るらしいから、麻衣子の将来にとってはいい機会だろうな。

麻衣子が政治家になったら、俺も嬉しいよ。麻衣子に任せておけば何事もうまくいくはずだから、俺は麻衣子に投票するだろうな。早ければ、三年後くらいか。楽しみだな。麻衣子もそうだけど、麻衣子だけじゃなくて、頑張ってる人がみんな、なりたいものになれるといいよな。そう思わないか？」

「麻衣子さんは、どうして政治家になりたいんでしょうか」

私は灯の首に触れた。初めて会った日から、ずっとこれに触れてみたかったのだ。灯の首は、私の前腕ほどの太さしかなかった。もっと筋肉をつけないと、これではあまりにも危ない。ゆっくりと灯の顎を持ち上げてキスをした。灯は拒《こば》まなかった。今までほかのことに気を取られていたから、私は私が虫を触った手で灯に触れ、虫を触った手でケーキを食べていたことに、このとき初めて気づいた。でも灯にはどうせわからないし、今から手を洗いにいくほうが失礼だと考えた。

灯の体をゆっくりと持ち上げ、ベッドの上に寝かせた。灯の軽い体を持ち上げるのはとても簡単だった。しかし私がベッドの上に乗ろうとすると、待ってくださいと灯は言った。躾《しつけ》の行き届いた犬のように、床に座っておとなしく待った。ベッドの下を指で撫でると、掃除が行き届いているのがわかった。

灯はしばらくして、自分は今までこういう経験がなく、少し怖いのだと言った。私は怖い思いをさせてしまったことを詫《わ》びた。灯は薄い布団を目の下まで引っ張りあげ、首を細かく横に振った。灯の許可を得て、私はトイレに入った。手を洗うにはいいタイミングだと思ったからだ。そして私がトイレから出ると、ベッドの上に灯はいなかった。

カーテンを開け、ベランダを見た。灯の姿はなかった。玄関に行ってみると、灯が今日履いていた灰色のスニーカーがそこにあった。初めて会った日にも、灯はこのスニーカーを履いていた。ドアを半分ほど開け、外を覗いた。やはり灯はいなかった。

「おお、びっくりした」

声がしたほうを見ると、五十くらいの小さな男が立っていた。

「山本さんの幽霊かと思ったよ。ドアから首だけ出てるから」

男は隣の部屋に鍵を差そうとしながら言った。手元を見ないから、鍵穴ではないところに鍵が当たり、カッカッと音を立てていた。男は、顔が左右で随分違っていた。右眼はぱっちりと開かれているが、左はまぶたが垂れ、黒目を半分ほど隠していた。口元は笑っている。メダカが集まったように唇《くちびる》が赤い。左手に持った茶色いビニール袋に弁当と雑誌、ペットボトル飲料が入っている。

部屋に戻り、灯に電話をかけた。電波の届かない場所にいるか、電源が入っていないという。ベランダに出て下を覗き込んだ。灰色の丸い猫と目が合った。

窓を閉め、水槽の前に座った。赤いメダカの数を数え、十二匹いることを確認した。もう一度灯に電話をかけると、やはり電波の届かない場所にいるか、電源が入っていないという。なにげなくベッドの下を見ると、そこに眼があった。灯が私を見ている。

「ずっとここから見てたのに、全然気づいてくれなかったですね。この前かくれんぼサークルに行ったときも、こんなふうに鬼の近くにいたんですよ。だけど全然見つからなくて」

灯は笑いながら腕の力を使って這《は》い出た。うつぶせになっているせいか、別人のような低い声が出ていた。

灯は私のふとももの上に頭を乗せると、猫のように丸まった。それから振り返って私を見上げた。私が右手で首を撫でると、顎と胸でそれを挟んだ。

＊

「相手がボールを持って走ってくる。こちらはそれを止めようとしてタックルに行く。すると相手はどうするか」

ステップを切ってかわそうとする、とフォワード志望の一年生が言った。今年の一年生の中では一番体が大きく、だからだろうか、なかなか堂々としていた。強豪校との試合にも、こういう態度で臨《のぞ》んでくれるとなおいい。私は彼の目を見てうなずいた。

「そう。ぶちかましてくるやつもいるけど、普通はまずかわそうとするか、かわせないまでも、直撃は避けようとする。かわされないためには、相手の腰を見る。腰は嘘《うそ》をつかない。腰を見れば相手がどっちに走りたいかわかる。それと、腕や上半身だけでタックルに行こうとしない。しっかりと足を運んで、相手の股間《こかん》の真下に踏み込む」

そう言いながら、私は短い歩幅《ほはば》で球を持った三年生の選手に接近した。この選手が今の主将だった。主将の股間の真下に踏み込み、彼の体に右肩を軽くあてた。同時に両腕で彼をしっかりとホールドした。

「このように、体をあてるのと同時に両腕で相手をしっかりとバインドする。そうしたら、腕を引き絞りながら足は前にドライブして、相手を向こう側に押し戻しながら倒す」

主将をゆっくりと倒し、私はすぐに立ち上がった。次のプレーに備え、もう一度いつでもタックルに行ける姿勢をとった。

「今やってみせたように、タックルをして、相手を倒してそこで終わりじゃない。すぐに立ち上がって、次のプレーに移る。次に走ってくるやつも、自分が止めるくらいの気持ちで。きつくても何度でも立ち上がる。ゾンビみたいに。そう、全員ゾンビになれ。今からお前らはゾンビだ。ゾンビみたいに最後まで立ち上がり続けたほうが勝つ。

俺は現役だったとき、実際に自分をゾンビだと思い込むようにしていて、これはけっこう有効だったと思ってる。ゾンビだから何度でも立ち上がるのは当然だし、ゾンビは痛みや疲れなんて感じない。死んでるわけだから、何もわからない。自分よりでかいやつにタックルするのは怖いかもしれないけど、そういう恐怖もなくなる。ゾンビは怖いとか思わないから。むしろ怖がられるほうだから。銃《じゅう》を向けられたってまったく怯《ひる》まないんだ、でかいやつが走ってきたくらいで怖いはずないだろ？　ゾンビは――」

私には、何かもう少し言いたいことが、伝えたいことがあるような気がしたが、佐々木が手を叩いて二人組を作れと言ったので、それ以上話を続けることはできなかった。

選手たちは、役割を交代しながらタックルの練習を始めた。私は彼らの間を歩き回りながら、適宜《てきぎ》必要な助言を与えた。一年生の中には、なかなかうまくタックルの姿勢をとることができない者もいた。実演を交えながら、私は彼らに根気よく適切なフォームを教えた。誤《あやま》ったやり方では十分に力を発揮できず、強い敵を止められないのはもちろんだが、特に相手の進行方向に頭を入れてしまったり、頭を下げた状態で行うタックルは重大な事故を招く。場合によっては命も落とす。頭で考えずとも体が自然と適切な姿勢をとるようになるまで、繰り返し練習する必要があった。

上級生に対しては、正しいタックルフォームを知っているのは前提として、ボールキャリアーにもタックラーにも本気でファイトすることを求めた。これはどちらかといえばタックルに主眼を置いた練習だが、タックルを受ける側にも身につけてもらわないといけないことがたくさんあった。相手のタックルをずらしたり、少しでも有利な体勢でタックルを受けるにはどうすればいいか。一歩でも前に進むためには体をどう使うか。タックルを受けた後はボールをどう手離すべきか。しかし、正面からまともにぶつかりあうだけで、どうも練習の趣旨《しゅし》をよく理解できていないペアがあったから、私が手本を見せることにした。

笛が鳴り、すぐに球をピックする。タックラーとの距離は近く、マーカーでスペースが制限されているため、かわしきることはできない。そもそもかわしきるのが目的ではない。しかし多少の変化をつけ、相手のタックルをずらそうとするのはタックラーのためにもなり、むしろ奨励《しょうれい》される。私は体を一度左に向け、それから右へ突っ込んだ。左右同じ強さでタックルに入れるのが望ましいが、そうでない選手もいる。右利きの人間が多い以上、左右が選べるなら相手の左側を狙ったほうがいい。

私の動きに惑わされたのか、彼のタックルは一瞬遅れた。我々の体がぶつかったのは私にとってのベストなタイミングで、彼にとってはそうではなかった。彼は一度当たり負けた後、なおも腕を伸ばしてきたが、こちらも腕を使ってそれを打ち落とした。

私はこれを、何度も繰り返した。彼が一度でも私を止めたら終わりにするつもりだったが、彼はしつこく失敗した。そして私を止めるどころか、徐々にタックルがまずくなっていった。明らかにスタミナが足りていなかった。仕方なく六十秒の休憩《きゅうけい》を取り、それからもう一度やらせた。彼はやはり、私を止められなかった。佐々木がそろそろ次のメニューに移ろうと言ったが、もっと時間を取ったほうがいいと私は主張した。タックルができないのに、ほかのことをやらせても仕方ない。私の言い分には理由があったから、佐々木もうなずいた。

繰り返すうちに、彼はまた勢いをなくし、しまいには頭が下がり始めた。この程度で頭が下がっているようでは、危なくて試合に出していいかどうかさえわからない。彼を突き飛ばし、厳しく叱責《しっせき》した。彼は地面に尻をつけたまま私の話を聞いたので、私はもう一度彼を叱らなければならなかった。彼は体力の限界を示すように、大層《たいそう》ゆっくりと立ち上がった。そうすれば私がやめると、甘く考えているのだろう。六十秒休んだらまた始めると私は言った。誰かが私の肩を叩き、振り返ると佐々木が苦笑いを浮かべていた。今日はもういいだろう、と佐々木は言った。

選手たちの様子をうかがうと、誰もかれも、水の中にいるかのように動きが鈍っていた。中には倒れたまま長いことじっとしている者もいて、どういうつもりでそうしているのか、うまく理解できなかった。私がいないときも、今後はタックルの練習にこれくらい時間を割いて欲しいと、私は佐々木に要望を伝えた。

練習後、いつものように佐々木の車に乗った。国道を走りながら、私はどうして練習が終わるといつも佐々木の家に行くのだろうと考えた。これは、もっと早く考えていてもおかしくない事柄だが、案外まだ考えたことがなかったのだ。そして、部活の話なら学校でもできるのだから、佐々木の家に行くのはつまり、肉を食うためだ、ということを発見した。が、いざ答えが出てみると、以前にも同じことを考えた気がした。私は助手席で五分ほど仮眠を取った。

「今年はけっこう集まりましたね」

私は私の声が弾《はず》んでいることを不思議に思い、少し考えてから肉を食っているためだとわかった。肉はやはり旨く、口に入れておくと気分がいい。ガムのような気軽さで肉をいつも噛《か》んでいられたら、毎日がもっといいものになるだろう。

「でも、毎年何人かはどうしても辞めちゃうからな。ついてこれない子ってのは絶対に何人か現れる。こういうスポーツだからな。陽介の代にもいただろう。今年も帰宅部とか吹奏楽部出身の子がいるけど、彼らには正直少し厳しいんじゃないかと思ってる。一概には言えないし、まだわからないけど。もちろん頑張ってくれたほうが嬉しいけど」

佐々木が鉄板の上に野菜を並べながら言った。今日は佐々木の妻が高校の同窓会へ出かけているらしく、ここには私たちしかいない。佐々木の妻は、家を出る前に野菜を切り、鉄板を出しておいてくれた。だから私たちはほとんど焼いて食べるだけでよかった。

「これからでしょう。一日五食を徹底して、ウェイトして筋肉がついてくればプレーも変わってくるでしょうし」

「でもな、たとえばタックルにしても、入れる子は陽介みたいに最初から入れるんだよ。入れない子は、入れるようになるまで本当に時間がかかる」

そう言いながら、佐々木は笑顔だった。このスポーツは一チームあたりの人数が十五人と多いわりに、競技人口は少なく、ほかの競技よりも怪我《けが》による離脱が多い。うちのような公立高校は、一校だけでチームを作ることができず、ほかの学校と合同チームを組まざるを得ないところも少なくない。まとまった数の新入部員を確保できて、まずは安心しているのだろう。しかし、我々の目標は準決勝進出だから、この程度で満足してはいけない。正直に言って、今のままでは準々決勝に行ける可能性も低いと私は見ていた。入部当初からいきなり厳しくすると退部者が続出するから、徐々に慣らしていくのはわかる。でもそろそろギアを上げないといけない時期だ。佐々木がこのあたりをどう考えているか、私も指導役として確かめておく必要があった。

「というかお前はいったいどうなってるんだ？　いまだに会うたび体が仕上がっていくじゃないか。そんなに鍛えてどうするんだ？」

佐々木が言った。口の中には、キャベツがあった。別にどうするも何もなく、鍛えるのが自然だから鍛えているだけだ。テレビではニュースをやっていて、女性用トイレに小型カメラを仕掛けたとして、巡査部長の男が逮捕されていた。それより彼女とは最近どうなんだと佐々木が聞いた。口の中には、まだキャベツがあった。キャベツは切り刻まれて押し潰され、唾液《だえき》にまみれ、蠢《うごめ》く暗い管《くだ》に呑《の》み込まれようとしている。

冷蔵庫から新たなビール瓶《びん》を取り出し、佐々木のグラスに注いだ。前に話した子とは別れ、今は別の子と付き合っていると答えた。佐々木は笑いながら私の左肩を殴った。筋肉の鎧を身にまとっているため、痛みはまったく感じなかった。筆記試験を終えた私はまたジムに通うようになり、佐々木の言う通り筋肉の調子も上向きだった。

佐々木はそれから、灯のことを根掘り葉掘り聞いた。佐々木の妻がいたら絶対にしないような、卑猥《ひわい》な質問もたくさんあった。今日は土曜日で、明日は佐々木も完全にオフだ。酒もいつもより多く入っていて、私は部活の話題を諦《あきら》めるしかなかった。早いうちに必ず話をしないといけないが、相手が酔っぱらっていては意味がない。

付き合いたてだから当然といえば当然かもしれないけれど、私と灯の関係は今のところ良好だった。懸案《けんあん》事項は特になく、けっこうな頻度《ひんど》で会うことができていた。平日は二、三日に一回、どちらかがどちらかの家に行き、そのまま朝まで一緒に過ごした。日曜にはどこかへ出かけ、夜になるとやはりどちらかの家で一緒に過ごした。

麻衣子と別れた日の夜、私は灯の家に行き、初めてのセックスをした。決して最初からそんなつもりで家に行ったわけではなく、どこかで会って話をして、麻衣子と別れたことを伝えられればいいと思っていた。灯はセックスの経験がないと言っていた。私はできるだけ時間をかけ、慎重にことを進めるつもりでいた。しかし灯は私を家に呼び、今日は泊まるようにと言った。

それ以来、私たちは会うたび欠かさずセックスをした。ひとたび始めればすぐには終わらなかったし、夜が明けるまで時間をかけてそれを行うこともあった。私はもともと、セックスをするのが好きだ。なぜなら、セックスをすると気持ちがいいからだ。セックスほど気持ちのいいことは知らない。セックスの機会を、私がみすみす逃《のが》したことはないだろう。一方で、相手の望まないセックスは決してしない。そんなことをすれば、その女をひどく疲れさせ、場合によっては、深く傷つけるだろう。女性には優しくしろと父は言った。望まないセックスなど論外だ。幸運なことに、灯はどうやらセックスが好きなようだった。これは、私が都合のいい解釈をしているだけだろうか。しかし私が目を覚ましたとき、灯が私の下着の中に手を突っ込んでいたこともあった。セックスが好きでないのに、眠っている私の性器をわざわざ撫でまわすか？

ひとつだけやめて欲しいのは、セックスの最中、私の性器とおしゃべりをすることだ。性器に話しかけるときは敬語を使わないから、私に言っているのではないとすぐにわかる。内容はその時々で違っているけれど、今日は何を食べたとか、昨日は会えなくてさみしかったとか、大抵はくだらない話だ。話しかけられているのは私の性器であって私ではないから、当然私は返事をしない。性器も性器だから返事をしないが、灯は構わずひとりで会話を続ける。ああいうのが好きで、性的な興奮を覚える男もいるのだろうか。私としては、なんだか仲間外れにされているようで面白くなかった。でも灯のやり方はなるべく尊重したいから、文句を言ったことはない。これほど性的に充実した日々を過ごすのは初めてだったし、それは当然素晴らしいものだった。

それに、灯は料理がとてもうまかった。私が灯の家に行ったときも、灯が私の家に来たときも、灯は欠かさず食事を作った。いつだったか灯は、自分の作ったものが私の体内に入り、やがて私の血や筋肉になっていくことに喜びを感じると言った。他人のために料理をしたことのない私には理解できない感覚だが、そんなふうに思われるのは嬉しかった。

「もしかして今日もこれからデートか？」

赤い顔をした佐々木が言った。私たちは朝まで一緒にいたから、今日はもう会わないと私は答えた。佐々木は笑いながら私の肩をまた殴った。痛みはやはり感じなかった。


その日、真夜中に目を覚ました。

眠りの深い私は、朝が来る前に目を覚ました経験がほとんどなく、何が起きているのかわからなかった。白い壁を見つめているうちにインターホンが鳴り、この音が私を起こしたと気づいた。携帯電話で時刻を確認すると、午前一時を過ぎていた。こんな時間に訪ねて来る人間に心あたりはなかった。

適当な下着とズボン、それからシャツを身につけて玄関へ向かった。なるべく音を立てないようにゆっくりと歩き、明かりも一切つけなかった。ドアスコープを覗き込むと、ハムのような色のワンピースを着た女が立っていた。麻衣子だった。チェーンをかけたままにしておくかどうか、少し迷って結局外した。

ドアを開けると、麻衣子は嬉しそうに目を細めた。

「遅くにごめんね。終電を逃しちゃったみたいなの。お酒を飲んでいたものだから、少しぼんやりしていたみたいで。急で申し訳ないんだけど、泊めてくれないかな」

突然のことで、私はうまく言葉を見つけられなかった。私の知っている麻衣子は、決して終電を逃さない。酒を飲んでいようが、場が盛り上がっていようが関係なく、日付が変わる前には家に帰り、自分のベッドで少なくとも六時間の睡眠をとると決めていた。約束もなく家に来ることも絶対になかった。

状況が呑み込めないまま、それはできないと私は言った。私には灯がいるから、ほかの女は家に上げられない。どうしてと麻衣子が言い、穴、と私は思った。口や鼻というのはつまり人間の顔に空いた穴だと気づいたのだ。今は眼球がおさまっているけれど、眼窩《がんか》というくらいだから目も結局のところ穴だ。

「それじゃ不公平じゃない。私と付き合ってるときは灯ちゃんと寝たのに」

私は黙っていた。なぜなら、言うべきことがひとつも思いつかなかったからだ。

麻衣子は私の目を覗き込んで、やっぱりそうなんだねと微笑んだ。否定しようとしたが、麻衣子が手を出してそれを遮《さえぎ》った。

「ごめんね、別に陽介くんを責めにきたわけじゃないの。終電がなくなっちゃったから泊めてって、本当にそれだけなの。終電を逃すまで飲んだことなんて今までなかったから、どうすればいいのかわからなくて、それで陽介くんに頼ることしか思いつけなかったの。余計なことは何もしないよ。朝まで少し休ませてもらえればそれでいいの。大丈夫よ、灯ちゃんにさえ知られなければ。知られなければ何もしていないのと同じことよ。そうでしょう？　陽介くんだって、そういう考えを持っているんでしょう？」

ゆっくりとドアから離れ、麻衣子を中に入れた。それ以外にどうすればいいのかわからなかった。誰か相談できる人間がいたらよかったが、ここには私しかいなかった。

ドアが閉まるよりも先に、麻衣子は私の胸に顔をうずめた。麻衣子は私の心臓に向けて語りかけるように喋った。

「前に、私が陽介くんとの約束を放り出して、小山先生のところへ行ったことがあったよね。今日も小山先生と一緒だったの。

なかなか予約が取れないお店に連れて行ってくださってね。奥まったところにある、畳のお部屋に通されたの。先生、今夜はお酒をたくさんお召しになってね。ためになる話を、いつまでもたくさん聞かせてくださって。私は何度か帰ろうとしたんだけど、引き留められて、帰るに帰れなかったの。それで、やっとお開きになったと思ったら、今日はもう遅いから、どこかで休んでいかないかって。私、なんだか急に頭が回らなくなって、どうすればいいのかわからなくなってしまってね。でも陽介くんのことを思い出して、ここへ来たの。先生には、彼氏のところに行くから大丈夫ですって言って。たぶん、私が断らないと思ったんでしょうね。先生、気分を害《がい》された様子で。もしかしたら、もうお会いできないかな。陽介くん、汗のにおいがするね」

麻衣子が私の手を取り、廊下の奥へ引っ張っていった。明かりをつけていない家の中は、ほぼ真っ暗と言ってよかった。でも麻衣子は一切ためらうことなく廊下を歩いた。

居室に入ると、麻衣子は突き飛ばすように私をベッドに寝かせた。それからすぐに自分もベッドの上に乗った。アスリートのように機敏な動きだった。そして私のふとももの上に手を置き、それをゆっくりと滑らせて性器に触れた。

「ねえ、ごめんね、あんまりさせてあげられなくて。陽介くん、きっといつも我慢してたんだよね。もしかしてそれが原因だったのかな。もっとさせてあげられたらよかったね。そうすれば、今も私と付き合っていた？　灯ちゃんは、たくさんさせてくれるのかな。そうだ、写真とか見せて欲しいな。灯ちゃんがどんな子なのか、私にも見せて欲しいな。陽介くんは知っているのに、私だけ灯ちゃんを知らないなんて不公平じゃない。そうだ、灯ちゃんが今の私たちを見たらどう思うかな。まだ陽介くんのことを、好きでいてくれる？」

麻衣子は右手だけで器用に私のズボンと下着を下ろし、性器を握《にぎ》った。麻衣子の手は冷たく、私は思わず身を震わせた。麻衣子は性器を握るのみで、いつまでも手を動かすことはなかった。そのかわりにキスをして、私の口の中で舌をよく動かした。今までに経験したことがないほどの長いキスで、おそらく十分や二十分では済まなかった。

キスの後で、麻衣子は私の性器を自分の中に入れた。一切の躊躇が感じられない動きだった。麻衣子は私の上で、大きくなめらかに腰を動かした。麻衣子が動くのは初めてだったが、麻衣子はこの動作にすっかり習熟しているように見えた。私は我慢する間もなく、あっという間に射精を迎えそうになった。すると、麻衣子がさっと腰を引いた。路地を横切る鼠のような素早さだった。上を向いていた性器がぶるんと私の顔のほうを向き、まさにその動きの途中で私は射精した。精液は、嘘のようにゆっくりと飛んだ。にもかかわらず、私は身をかわすことができなかった。精液が私の鼻や口、シャツに付着した。つい先程まで私の一部だっただけあって、精液は温かかった。

麻衣子は下着を穿いて立ち上がると、そのままベッドのそばでじっとしていた。そうして、ベッドの上で仰向けになったままの私を長いこと見下ろしていた。顔についた精液をぬぐいたかったが、麻衣子が私を見ているうちはやめたほうがいいと思った。

やがて麻衣子は、何も言わずキッチンのほうへ向かった。なかなか戻らないので様子を見に行くと、そこにはもう麻衣子の姿はなかった。トイレや浴室にもいなかった。私はドアの鍵を締めてチェーンをかけ、浴室に入った。ひどく疲れていたが、眠る前に顔やシャツについた精液を洗い流す必要があった。

陽介君に言わないといけないことがあります。私の部屋は、いわゆる事故物件だったのです。

＊

隠していたわけではありません。私も今朝初めて知ったのです。教えてくれたのは、隣の部屋に住んでいる優しそうなおじさんです。お嬢ちゃんの部屋、大家さんから何か聞いてるかって。聞いてませんって言うと、私の前に住んでいた山本さんという三十代くらいの女の人が、部屋の中で急に亡くなってしまったのだと親切に教えてくれました。おじさんが大家さんから聞いたところによれば、何かの病気だったそうです。でも、そのときの大家さんの言い方に引っかかるものがあって、少し気になっているのだと。以前、男の人と口論しているのが聞こえてきたことがあって、そういうのもあれこれ結び付けて考えてしまうと言っていました。

おじさんから聞いた話を、私は同じクラスの長谷部《はせべ》にしました。長谷部には霊感があると聞いていたので、部屋の中を見てもらおうと思ったのです。フランス語の授業が終わったあとで、私たちは一緒にファーストキッチンでポテトを食べて、それからうちに行きました。長谷部は部屋に入るなり、いるいる、とはしゃぎました。天井から女の人の顔だけが突き出ていて、まっすぐにベッドを見下ろしているというのです。枕に頭を乗せて天井を見上げると、ちょうど彼女と目が合うそうです。

気味が悪いと思いますか？　実を言うと、私はあまり気にしていません。怖いというよりも、むしろ笑ってしまいそうになります。天井から顔だけが出てるなんて、なんだか間抜けな感じがして。それに彼女は、こちらをにらみつけているというのではなくて、どこかきょとんとした顔をしているそうです。きっと、自分がなぜこういう状況に置かれているのか、自分でもわかっていないのですね。この人は私たちにとって悪いものではないと長谷部が笑いながら言っていたので、害もありません。その証拠に、長谷部もついさっきまで横になってすっかりくつろいでいました。なんだか体が疲れていて私も横になりたかったけれど、長谷部がベッドを使うから、私はずっと床に座っていました。

厚生労働省の統計によれば、現在でも一割強の人は自宅で死んでいて、過去に遡《さかのぼ》るほどこの割合は高くなるそうです。だから、人が死んだことのある部屋って、それほど珍しくないんだと思います。私はいいんですけど、陽介君に黙っているのは、なんだか騙《だま》しているみたいでよくないと思うので、一応伝えておきます。それと、長谷部は女の子です、念のため。

陽介君は、こういうのって、気になりますか？　もし気になるなら、私が陽介君のうちに行くから大丈夫です。でもやっぱり、時々は来てくれると嬉しいなあ。

＊

開店とほぼ同時に中へ入り、ビールを頼んだ。このあたりの店には、正午を過ぎれば昼休みの会社員がまとまってやってくる。でも今はまだ私たちだけしかおらず、広いテーブルを自由に使うことができた。

「それじゃあ、陽介の筆記試験突破を祝って。乾杯」

岩永がグラスを突き出し、私もそれに合わせた。岩永は高校の部活の先輩で、私が今受けている試験に昨年合格し、今年度から職員として働いていた。配属先は病院だという。岩永は私と同様に、三年生のときには部の主将を務めていた。

「すみません、平日の昼間から。お仕事は大丈夫ですか？」

「大丈夫、今日はオフだから。一ヶ月に一回、土曜日に出勤しないといけない日があって、でもそのかわり平日が一日休みになるんだよ。実際は得してないんだけど、なんとなく得した気分になるよな、平日に休みができると」

入部当初、岩永は少し肥満《ひまん》気味だったという。人一倍走り込んだ結果、私が入部する頃には締まった肉体になっていた。フォワードとしては、少しスリムすぎるくらいだった。

今の岩永は、明らかに余分な肉がついていた。去年会ったときも太ったと思ったが、また少し体型が変わった。

「よくわからないんですけど、岩永さんは病院で具体的にどんな仕事をしてるんですか？　受付みたいなことですか？」

「受付とか、診療費の計算とかは委託《いたく》してるよ。俺は一応医療安全の担当になっていて、たとえば院内で、実際には事故にならなかったけど、何かが少し違っていたら事故に繋がっていたかもしれないっていう、ちょっとヒヤッとするような事例が起きたとするだろ？　俺はそういう事例を収集して分析して、実際の事故が起きる前に対策を立てたりとか、研修を開いて職員の意識向上を図ったりとか、そういうことをしてるよ」

　女の店員が私のすぐ横を通り、別のテーブルへ肉を届けた。女は後ろから見ると、肩幅の狭さと尻の小ささが、灯によく似ていた。女がこちらへ戻ってくる。顔は灯に似ていなかったから、私はそれ以上女を見なかった。

「いや、今は少し格好つけて全部俺がやってるみたいに言ったけど、実際に対策を考えるのは役職つきの偉い医者とか看護師なんだよ。研修の講師も管理職がやってるし。俺はまだなんていうか、その人たちの手足として動き回ってるだけって感じだよ。でも、若いうちにこうやって現場で汗かくのは絶対プラスになるよ。きっと、現場を知らない人間が施策を打ち出したり計画を立てたりするからまずいことが起こるんだよ。

　陽介も合格して配属先の希望聞かれたら病院って答えろよ。高校の後輩が来てくれたら俺も嬉しいし、医者とか看護師と出会える貴重な職場だしな。実際俺の先輩は研修医と飲みに行ってるし、上司の奥さんは看護師だよ。俺は新入りだからまだチャンスをうかがってる段階だけど、次会うときには紹介するよ。かわいい看護師の彼女をな」

何かの拍子に思わず真面目な話をすると、それを誤魔化すようにおどけてみせるのが岩永の癖だった。試験に受かっていたことで気分もよく、私は少し声を出して笑った。チームのムードが悪くなったとき、それを立て直すのはいつも岩永だった。私がプレーでチームを引っ張るタイプだとすれば、岩永は人柄《ひとがら》でチームをまとめあげる主将だった。

肉を平らげた頃に、スーツの男がやってきて隣の席に座った。男はひとりで、首から社員証らしきものを提《さ》げ、私と同じ肉を頼んだ。

男は左手で携帯電話を触りながら、脚を大きく開き、出された肉をチュッチュッと音を立てて食った。私は人生のかなり早い段階で、ひとりで飯を食っている男には、チュッチュッという音を出す者が多いと気づいていた。長らくひとりで飯を食ううちにチュッチュッという音を出すようになるのか、それともチュッチュッという音を出すから誰も一緒に飯を食わなくなるのか。岩永が私の分まで金を払った。だからというわけでもないけれど、岩永との繫がりはこれからも大事にしようと思った。

岩永と別れ、大学に向かった。図書館に行き、面接のための調書を書くつもりだった。そよ風が心地よく、暑くも寒くもない。腹は旨い肉で満たされ、今日はきっといい一日になるだろう。

大学の警備員が私に恭《うやうや》しく挨拶をし、私も挨拶を返した。警備員は、おそらく六十近い年齢だった。家族はいるだろうか。それとも独り身だろうか。彼に迷惑をかける人間が、今日は現れないことを祈った。が、意味のない行為だ。

警備員は、私の後にやってきた学生にも挨拶をした。マスクをつけ、髪を茶色に染めた男だった。彼は携帯電話を見ながら歩き、警備員を無視した。携帯電話が振動し、画面を確認すると麻衣子からの電話だった。麻衣子が真夜中に突然訪ねてきた日から、私たちは一切連絡を取っていなかった。

「昨日、合格発表だったよね」

電話に出ると、麻衣子は挨拶もそこそこにそう言った。発表の日を麻衣子に伝えた覚えはなかった。受かっていた、と私は言った。それから振り返って警備員を見た。

「陽介くんなら受かると思ってた。ねえ、今三田にいるならランチでもしない？　私もまだこれから授業があるんだけど、少し時間があるから。とりあえずカフェテリアで待ってるね」

既に肉を食べてしまったと言うと、それならケーキを食べればいいと麻衣子は言った。私が返事をしないうちに電話は切れた。


カフェテリアは広いが、麻衣子はすぐに見つかった。窓に近く、外がよく見える席で何かを飲んでいた。カフェテリアは四階にあるから、窓際の席に座ればそこそこ悪くない眺望《ちょうぼう》を得ることができた。私は麻衣子がそういう席を好むと知っていた。

私が正面の椅子に座ると、麻衣子は上品に微笑んだ。

「ごめんね、急に呼び出しちゃって。どこか外に行く？　それともここでいい？」

ここで構わないと私は言った。ケーキを好きなだけ買ってあげると麻衣子は言った。それを断ってアイスコーヒーを買いに行った。すると、麻衣子も財布を持って私の後を追いかけてきた。大学の構内でも、時々置き引きがあると聞く。荷物を見る人間がいなくなり、私は心配だった。麻衣子が私の前に出て、アイスコーヒーとチョコレートケーキを買った。私は荷物のほうを見ていた。

ケーキは麻衣子が運んでくれたから、私は飲み物だけを持てばよかった。麻衣子が今日着ているワンピースは、チョコレートケーキと色が似ていた。しいていえば、ワンピースのほうが色が薄い。麻衣子の膝の裏を見た。席に戻ると、私たちの荷物はまだそこにちゃんとあった。

「灯ちゃんとはその後どうなの？」

麻衣子が自分のアイスコーヒーを飲みながら聞いた。私は麻衣子の顔色をうかがいながら、続いているとだけ答えた。それは残念と麻衣子は微笑んだ。あまり残念そうには見えなかった。しかし麻衣子が本心ではどう思っているのか、結局のところ私にはわからなかった。

話は変わるけど、と麻衣子が言った。

「陽介くんと同じクラスだったとき、私が何の係だったか覚えてる？」

生き物係、と私はすぐに答えた。教室で飼っていたメダカの世話をするのは麻衣子の仕事で、私は麻衣子がメダカに餌をやるのを時々隣で見ていた。麻衣子は常に、決められた間隔で、決められた量の餌をやった。水槽に少しでも異状があれば教師に相談して改善を図り、メダカたちは概《おおむ》ね皆長く生きた。

「そう、生き物係。でも、そのことを覚えてるのって、もう陽介くんくらいしかいないんじゃないかな」

私はとりあえずうなずいたけれど、麻衣子が何を言おうとしているのか見当もつかなかった。麻衣子が窓の外を眺めていたから、私もそれにならった。私たちの席からは、キャンパスの中庭が見えた。ベンチに座って本を読んでいた和装《わそう》の学生が立ち上がり、ゆったりとした足取りで図書館へ入っていった。ああいう格好で大学に来るのはほとんどが文学部の人間だと、文学部の膝から以前聞いた。

ねえ、聞いてくれるかなと麻衣子が言った。私は窓の外を眺めるのをやめ、姿勢を正した。麻衣子はアイスコーヒーをひとくち飲み、椅子の座り心地を確かめる素振りを見せてから話を始めた。

「小学生の、まだ低学年だから陽介くんと同じクラスになる前にね、インフルエンザにかかってしまったの。でも薬を飲んだらすぐによくなって、だけど発症後五日間は外に出ちゃいけないって言われたから、学校を休んで家にいた。

その日は発症後五日目で、私はもうインフルエンザにかかる前と同じくらい元気だった。だから、なるべく私をひとりにしないように看病してくれてたお母さんも、お昼には戻るねって言って、帰ってきたらお昼ご飯を作るから一緒に食べようって言って、その日は朝から何かの用事があって出かけて行った。

お母さんは優しいから、出かける直前まで私のことを気にかけてくれた。少しでも具合が悪くなったらすぐ電話するのよって、大きな字で電話番号が書かれた紙を固定電話にぺたっと貼りつけて。お母さんの番号なら覚えてるよって私が言うと、大事なときに限ってど忘れしちゃうことってあるでしょうって。心配性だなって思ってた。

私はもう寝ている必要もなかったから、朝から勉強をしてた。我ながら真面目だなって思うけど、学校を何日も休んだから、授業についていけなくなるのが怖かった。学校に行くときと同じ時間に起きて、パジャマじゃなくて、ちゃんと学校にも着ていける服を着てた。時間割を確認して、学校で算数の授業をやっている時間は私も算数をやった。トイレや水分補給は休み時間まで我慢して、国語の時間になれば国語をやった。学校と違ってチャイムが鳴らないから、それは自分で歌った。きっと学校ごっこみたいなことをしたかったんだと思う。

ありがたいことに、私は小学校に入ったタイミングで自分の部屋を与えられて、部屋には学習机もあった。でもリビングには大きいテーブルもあったし、犬もいたから、そのときはリビングで勉強していた。犬は黒い毛のミニチュアダックスフントで、ピアノマンっていう名前だった。ピアノマンは私が生まれる前から家にいて、老犬と言ってもいいくらいの歳だった。いつもはあまり動かないで、リビングの決まった場所で恵方巻《えほうまき》みたいに寝そべっていることが多かった。実際、その何ヶ月か後には死んでしまったの。だから陽介くんは、ピアノマンに会ったことがないよね。優しくて勇敢《ゆうかん》ないい子だったのよ。

椅子の向きを調節して、教科書とノートを見ながら同時にピアノマンも視界に入るようにした。そうすればひとりでもさみしくなかった。そうやって勉強をしているうちに、玄関のドアが開く音が聞こえたの。

私は当然、お母さんが帰ってきたんだと思った。お父さんはいつも夜遅くにならないと帰ってこないから、お母さん以外に考えられない。時計を見て、まだお昼には随分早いなとは思ったけど、思ったよりすぐに用事が済んだとか、そういうことはいくらでも考えられるものね。でもすぐに、何かおかしいなって気づいた。ピアノマンが動かなかったの。

ピアノマンは、誰かが来ると玄関に様子を見に行くの。それで、家族だったら尻尾《しっぽ》を振って脚にまとわりつくし、知らない人だったら家族を守ろうとして一生懸命吠《ほ》えるの。だから、誰かが来たのにピアノマンが動かないのは、ちょっと考えられない。だけど私は、聞き間違いだとは思わなかった。それよりはピアノマンの耳があまり聞こえなくなっちゃったとか、玄関まで見に行く体力がなくなっちゃったとか、そういう可能性を考えた。

でも、お母さんはなかなかリビングに入ってこなかった。私は玄関まで様子を見に行くことにした。リビングを横切る私を、ピアノマンが寝そべったまま目で追っていた。誰も来てないよって言ってるように見えた。ピアノマンの言う通り、というわけでもないけど、玄関には誰もいなかった。鍵もかかったままだった。

リビングに戻って、国語の続きを始めた。でも、私はもう勉強に集中できなかった。そんなはずはないのに、家の中に誰かが入り込んでいるんじゃないかって、そういう想像をしてしまって。なんだか急に落ち着かなくなって、自分がいるリビングさえ、さっきまでとは何かが違っているように思えた。ピアノマンは寝返りを打ったようで、私が玄関の様子を見に行く前と体勢が変わっていた。尻をこちらに向けていて、私の位置からは顔が見えなくなっていた。このピアノマンは、本当に私が知っているピアノマンだろうかって、そういうことを考えた。

私はリビングから出て、家中の部屋をひとつひとつ確認することにした。年齢のわりには現実的な考え方をする子供だったから、本気で家の中に誰かがいるとは思っていなかった。おかしな想像をしている自分をクールダウンさせるための儀式として、ためしにそういうことをやってみようと思っただけで。できればピアノマンがついてきてくれると嬉しかったけど、彼はやはり私を目で追うだけだった。

自分の家でそんなことをする必要はなかったんだけど、一応足音を殺して廊下を歩いた。浴室とお手洗いが特に気になったけど、怖いから後回しにした。客間やワーキングスペース、服や靴を置いている部屋とかを調べて、やっぱり何の異状もないことを確かめた。自信をつけて、お手洗いのドアも浴室のドアも勢いよく開けた。浴室は念のため、浴槽の中に誰も隠れていないことを確認した。お手洗いと浴室さえパスしてしまえば、後はもうおまけみたいなものだった。

元気よく二階に上がった。その頃にはもう、お友達とかくれんぼをして遊んでいるくらいの感覚だった。隠れるところがいっぱいあったから、その頃のお友達は、うちでかくれんぼをしたがったの。私の家のことは私が一番知っているから、私はみんなを見つけるのが上手だった。お父さんの寝室を見て、それからお母さんの寝室を見た。最後に自分の部屋のドアを開けて、私のベッドの上で男が寝ているのを見つけた。

男は仰向けで羽毛布団を胸までかけて、その上から花柄の暖かい毛布もかけていた。頭は枕の上に乗せていた。それらの寝具は、もちろん私が普段使っているものだった。男は腕を布団から出して、胸の上で両手の指をしっかりと組み合わせていた。

何が起きているのかよくわからなかったけど、とにかく音を立てないように、ゆっくりとドアから離れた。幸い、男が私に気づいた様子はなかった。眠っているのかもしれなかった。静かに階段を下りて、リビングに行った。何よりもまず家の外に出るべきだったけど、そのときはお母さんに助けを求めようと考えたの。でも私が番号を押し終えないうちに、二階からものすごい音が聞こえた。体あたりでドアを破壊して、その勢いのまま階段を転がり落ちてきているみたいな音だった。

玄関は階段のほうにあったから、リビングの窓から逃げるしかなかった。靴を履けないけど、ほかにどうすることもできない。鍵を外して窓を開けた。同時にリビングのドアが勢いよく開いた。男は冬なのに半袖《そで》半ズボンで、ハイソックスを履いて、まるでこれから何かの試合に出るような格好だった。背が高くて筋肉もたっぷりとついていたから、私はとても怖かった。体が固まって動けなくなってしまった。大人は子供より足がずっと速いことを、私は体育の授業とか、運動会とかを通じて知っていた。外に出たとしてもすぐに追いつかれてしまうし、あの太い腕に捕まったら決して逃げられないと思った。

でもそのとき、ピアノマンが吠えながら男に向かっていった。そのときのピアノマンは、ものすごく素早かった。前に、陽介くんが教えてくれたことがあったよね。恐れず敵の足首に刺さるのがいいタックルなんだって。そのくらい低い姿勢でタックルに入るのが大切なんだって。そうすれば体の小さい選手でも大きな選手に勝てるって。そのときのピアノマンは、まさにそんな感じだった。

ピアノマンはミニチュアダックスフントだから、当然体はとても小さいし、さっきも言ったように老犬だった。どんなに頑張っても、男に勝てるはずがない。でも男は、激しく吠えながらものすごい勢いで突進してくるピアノマンに、少し怯んだみたいだった。私はやっと、自分の体を動かすことができた。男は、ピアノマンをきっと殺してしまうだろうと思った。そういう可能性を認識しておきながら、結局は自分だけ窓から飛び出した。ねえ陽介くん、私はあのとき、ピアノマンを見捨てたことになるのかな？

家の正面に回ろうとして、庭にある自転車が目に入った。お父さんが買ってくれた、赤くて軽い、お気に入りの自転車だった。お父さんやお母さんもよく手伝ってくれたし、私も真剣に練習したから、私はわりと早く自転車に乗れるようになった。大人より速く走るには、これしかないと思った。それに裸足だったから、少し走っただけでもう足の裏が痛くなっていた。私は自転車に乗って、家から距離を取った。

男に見つかる前に角を曲がりたかったけど間に合わなかった。男は前傾姿勢で腕を大きく振って、ものすごい速度で私を追ってきた。私と男の距離はどんどん縮まっていった。裸足で自転車をこぐのは思ったよりも難しくて、思うようにスピードが出せなかった。必死に周辺の地理を思い出して、下り坂のほうへ向かった。下り坂では少しずつブレーキをかけて、スピードを出し過ぎないようにとお母さんに言われていたけど、その言いつけを破った。あんなにスピードを出したことはなかったから、怖くて仕方がなかった。男との距離が少し開いた。でも完全に振り切ることはできなかった。

その後、私と男の距離は、縮まったり開いたりを繰り返した。でもさすがに男も疲れてきたのか、最初のようなものすごいスピードでは走れなくなった。随分走ったところで、ついに私は男を振り切った。それでも、どこかから急に男が飛び出してくるような気がして、油断せずペダルをこぎ続けた。男が後ろから追いかけてくるのもすごく怖かったけど、姿が見えなくて、どこから飛び出してくるかわからないのも同じくらい怖かった。見晴らしのいい、男がどこから来ても逃げやすそうな道を見つけてやっと止まった。体力的にも、そろそろ休まないわけにはいかなかった。

その日は天気がよくて、空気が遠くまでずっと澄んでいた。少し離れたところに、私たちが通っていたのとは別の小学校が見えた。そこに学校があるのはなんとなく知っていたけど、校舎をまじまじと見たのは初めてだった。同じ小学校でも随分形が違うんだなって、あたりまえみたいなことを思った。私は校舎に取り付けられた時計を眺めていて、やがてはっと気づいた。そろそろお母さんが帰ってきてもおかしくない時間だった。どういうわけか私の中には、お母さんが帰ってくるまでに家に戻らなきゃっていう、強い気持ちがあった。帰ってきて私がいなかったら、たぶんものすごく心配するだろうと思って。

来た道を戻るのが一番早いけど、それはさすがに危険すぎる。だから回り道をして、ちょっとした山のようになっている場所に向かった。陽介くんも覚えてる？　夜になると地元のカップルが夜景を見に行ったりする、たぶんあの町で一番高いところ。あそこから一気に駆け下りて、男に見つかったとしても、下り坂で得たスピードで振り切って家に帰る作戦だった。私は男が鍵のかかった家に入り込んできたことなんて忘れたように、家に帰って、そしてお母さんと合流すれば安全だと考えていた。

自転車で行ける一番高いところに辿《たど》りついて、また少し休憩をした。長い坂を上らないといけなかったから、途中から自転車を降りて手で押していた。今思えば、坂を上っている途中で男に見つかったら、私にはなすすべがなかった。体はくたくたで、喉がひどく渇いていた。自動販売機が目に入って、水にしようかお茶にしようか迷ってから、お金を持っていないことに気づいた。すごく心細くて、早くお母さんに会いたかった。あの場所からは、私たちの住んでいる町がよく見えた。家も小学校も見えたし、そのときは場所を知らなかったけど、陽介くんの家もきっと見えた。あの男の位置もわかるんじゃないかと思ったけど、それはわからなかった。

深呼吸をして、長い坂をブレーキをかけずに駆け下りていった。はじめは順調だった。風が顔にあたって心地よかったし、男は既に私から興味をなくして、とっくにどこかへ行ってしまったんじゃないかって、そういうことさえ考えた。でもやがて、遠くに男の姿が見えた。男は私と同じ方向へ歩いていて、きょろきょろと左右を確認していた。全然諦めてなどいなかった。でも、後ろから走ってくる私には、まだ気づいていないみたいだった。

脇道が見えて、そちらへハンドルを切ろうとした。でもそのときふと、NHKかどこかがやっていた教育番組を思い出した。番組の趣旨はたぶん、物理法則を子供向けに解説しようとか、そういうことだった。その番組では、たとえ小さくて軽い物体であっても、速いスピードでぶつかれば大きな衝撃が加わることを、CGや平易な言葉を用いて、わかりやすく説明していた。私は自分の速度に思いを馳《は》せた。このスピードでぶつかれば、どれくらいの衝撃が男に与えられるだろうと考えた。それに、私は自転車に乗っていた。罪のない人間が車に轢《ひ》かれて死んで、酒を飲んで車を運転していた人間が生き残るように、ただで済まないのは男のほうだと思った。一切ブレーキをかけず、むしろペダルをできるだけ速くこいで、全速力で男に突っ込んだ。

音で気づいたのか、男がこちらを振り返った。目と目が合って、男が恐怖を感じているのがわかった。そのときにはもう、私と男の距離は随分近かった。男は一瞬だけ私を受け止めようとする素振《そぶ》りを見せて、でも結局おじけづいてギリギりのところで左に避けた。それならそれでよかった。私はそのままの速度で家のほうへ駆け抜けた。

でも、男はそこで諦めなかった。ほんの少しだけ呆けたように立ち止まっていたけど、やがて火がついたように追ってきた。最初に私の家から飛び出してきたとき以上のスピードだった。下り坂なのに、私よりも速かった。男は走りながら、何かを叫んでいた。内容は聞き取れなかったけど、怒りとか憎しみみたいなものは十分伝わった。どうしてそんな感情をぶつけられなくてはいけないのか、わけがわからなかった。私は心底怖くなった。

家はもう見えていたけど、必死にペダルをこいでいるわりに、なかなか近づいていけないように感じた。捕まったら、たぶん殺されるだろうと思った。それも、ただ殺されるんじゃなくて、たとえば私をボールにしてサッカーをするとか、そういうひどく恐ろしい殺され方をするだろうと思った。呼吸がうまくできなかった。怖くて振り向けなかった。だから、男と私の距離がどれくらいなのかわからなくて、それがまた余計に恐ろしかった。

男が今にも私の首根っこをつかまえるんじゃないかと思いながら、夢中で庭に突っ込んだ。放り出すように自転車から降りて、これは後で知ったことだけど、お気に入りだった私の赤い自転車は、そのときの衝撃で車輪の部分がおかしくなって、結局だめになってしまった。私は庭を走り抜けてリビングのほうへ向かった。開いたままになっていた窓から転がり込むと、すぐそこにお母さんが座り込んでいた。

飛び込んできた私を、お母さんはぎょっとしたように見た。お母さんにあんな目で見られたのは、あのときが最初で最後だった。たぶん、いったい何が窓から飛び込んできたのか、わからなかったのね。でもすぐに抱き締めてくれた。

私はまず窓を閉めなくてはと思い、お母さんの腕の中から素早く抜け出した。鍵をかけてから外の様子をうかがったけど、男の姿はなかった。私はお母さんに、玄関の鍵はかけたかと聞いた。わけがわからないという顔をしながら、お母さんはかけたと言った。ピアノマンがゆっくりと近寄ってきて、私の脚に頭を擦《こす》りつけた。どこにも怪我をしている様子はなかった。私は少しだけ安心して、やっとお母さんに抱きついた。それからすぐに――」

麻衣子はそこで言葉を切った。すぐそばに膝が立っていた。

「別れたんだって」

膝が言った。そう、振られちゃって、と麻衣子が言った。彼らは同じ付属校の生徒だったから、膝との付き合いは私より麻衣子のほうが長かった。

「君たちはいいカップルだと思ったんだけどな。俺としても残念だよ。あのときの子だろ？　お前の新しい彼女ってのは。あの新歓ライブに来てくれた」

「ねえ、知ってるの？　どんな子なのか教えてよ」

膝は何かを探すように素早く左右を確認した。私もつられて周囲を見回したけれど、私たちの役に立ちそうなものは何もなかった。

「でも、絶縁したわけじゃないんだな」

「そう、お友達になったの。お友達が増えて嬉しいんだ、私」

膝は私たちの顔を交互に眺めると、何かを了解したようにうなずき、出口のほうへ歩いていった。すっかり見えなくなってしまうまで、私たちはふたりして膝の背中をじっと見つめていた。

やがて麻衣子が、思い出したようにアイスコーヒーを少しだけ飲んだ。そして途中になっちゃったねと微笑んだ。

「この話には続きもあるんだけど、とにかくこの日のことを、よく夢で見るの。夢を見るのはずっと前からなんだけど、最近特に。それで、そのたびに怖い思いをして。もっといい思い出とか、たくさんあるはずなのに。どうしてこの夢ばっかりなんだろうね？

夢にはいくつかのバリエーションがあるんだけど、共通しているのは、あの日と違って必ず私が男に捕まることなの。捕まるところで終わるから、その後何をされるのかはわからない。でも、長いこと男に追いかけまわされた恐怖が、目覚めた後も体に残っているの。私はなんとかこれが夢で、安全な場所にいることを自分に言い聞かせて、それでやっと――」

麻衣子はなにげなく腕時計を見て、急に慌てた素振りを見せた。そして挨拶もそこそこに、足早にカフェテリアから出ていった。少しゆっくりしすぎてしまったみたいだった。でも麻衣子が授業に遅れたことなど一度もないし、これから先もそんなことがあるとは思えない。きっと今回も間に合うだろう。

麻衣子が買ってくれたチョコレートケーキをひとくち食べた。麻衣子はアイスコーヒーを半分ほど残していったから、かわりに私がそれを飲み干した。

＊

「あれ、うまく滑れない」

灯が困ったように笑いながら言った。私はそれを下から眺めていた。滑り台に登ったものの、思ったようにつるりと滑ることができず、途中で止まってしまったらしい。灯はスカートを穿いているから、下着が見えそうだった。一歩横にずれ、少し腰を落とすと実際に見えた。私は灯の彼氏だから、一緒になって滑ってあげられたらよかったのかもしれない。そのほうが灯は喜んだだろうか。しかし私は来年で大学を卒業するから、もう滑り台で遊ぶ年齢ではなかった。

「早く滑らないと、次の子が来ちゃうよ」

灯よりもずっと小さい子が、滑り台を登ろうとしていた。後ろには三十くらいの女がいて、比較的真剣な表情で灯を見ていた。ほら、頑張ってと私は声をかけた。恥ずかしいとつぶやきながら、灯は尻を前にずらし、ゆっくりと下りてきた。少し離れたところに、三十くらいの男が座っていて、灯を見ている。私がしたように、灯の下着を見ようとしているのかもしれないと思い、牽制《けんせい》のために男のほうへ体を向けた。私は灯の彼氏だから下着を見ることもあるが、この男にはその権利がなく、もし本当に見ようとしているなら、私はそれをやめさせなくてはならない。幸い、男はすぐに目をそらした。私も男を見るのをやめ、灯を見た。あの男を見ているより、灯を見ていたほうが、いい気分だ。

灯が滑り台を下り切ると、私たちは先程までのように手を繋いだ。滑り台が熱を奪ったのか、灯の手は冷たかった。

私たちにとって、これが初めての旅行だ。数日前に面接が終わり、後は結果を待つだけだった。私は面接官の質問に対し、彼らの望むような答えを、うまく返せたと思う。ほかを受けるつもりはないから、私の就職活動はもう終わった。大学の期末試験まではまだ余裕があり、旅行をするにはいいタイミングだった。気温が徐々に高くなり、どこか涼しいところへ行こうと北海道に決まった。私はまだ物心がつかない頃に一度だけ来たことがあり、灯にとっては初めての北海道だった。

「これ、全部桜なんですね」

灯が周囲を見回しながら言った。桜だと思う、と私は言った。私たちのいる場所は木々に囲まれていた。桜とほかの木の区別が、私にはつかない。でも公園のパンフレットに桜と書いてあったから桜だろう。この公園全体が、世界的に有名な彫刻家によるひとつの作品で、灯がうまく滑ることができなかったあの滑り台も、その彫刻家がデザインしたものだという。

春になったらすごくきれいでしょうねと灯が言った。春になったらまた来ようかと私は言った。灯は私に笑顔を向けた。北海道に限らず、灯はあまり旅行をしたことがないという。私は北海道にまた来るよりは、灯が一度も行ったことのない場所に行き、灯がまだ見ていないものを見せたかった。

「雨」

灯がてのひらを空に向けてつぶやいた。灯の手は焼く前のパンに似ていて、私の手とは、あまりに質感が異なっていた。言われるまで気づかなかったけれど、たしかに細かい雨粒がはらはらと舞っていた。私は鞄から折りたたみ式の黒い傘を取り出した。灯は一本の傘にふたりで入ればいいと言って、自分の傘を使おうとしない。ふたりがそれぞれ傘を差すと距離が遠くなってしまうから、それが嫌だという。私がきれいだと言うと、灯はきょとんとして、何のことかと聞き返した。もちろん灯のことだと言うと、急にどうしたのかと笑う。急ではなく、言わなかっただけで、ずっと思っていたのだと、私は言った。そして、お笑いのライブで一緒になったときからそう思っていたし、これから先も、言わないだけで、いつでもそう思っているだろうと、私は私の所見を伝えた。しかし、先の話はするべきではなかった。なぜなら、明日のことなど、誰にもわからない。今の私が灯をきれいだと思い、大切に思っていたところで、明日の私もそう思っているとは、誰にも保証できないだろう。灯の肩が濡《ぬ》れてしまうといけないから、傘は自分のを使うべきだと私は言った。その間にも、雨は徐々に強くなっていった。

予定より少し早かったけれど、私たちは予約しておいたホテルに向かうことにした。公園から出て、バス停でバスを待った。そのうちに少し冷えてきたので、灯に何か温かい飲み物を買おうと思い、近くの自動販売機を見に行った。女性は体を冷やしてはいけないと、以前テレビで言っていたのを、思い出したのだ。ところが、自動販売機には冷たい飲み物しか置かれていなかった。少し離れたところにあったもうひとつの自動販売機も確認したけれど、そちらにも温かい飲み物はなかった。今から別の自動販売機やコンビニを探すほどの時間はない。私は灯に飲み物を買ってやれなかったことを、ひどく残念に思った。すると、突然涙があふれ、止まらなくなった。

なにやら、悲しくて仕方がなかった。しかし、彼女に飲み物を買ってやれなかったくらいで、成人した男が泣き出すのはおかしい。私は自動販売機の前でわけもわからず涙を流し続け、やがてひとつの仮説に辿りついた。それはもしかしたら私が、いつからなのかは見当もつかないけれど、ずっと前から悲しかったのではないかという仮説だ。だが、これも正しくないように思えた。私には灯がいた。灯がまだいなかったときは麻衣子がいたし、その前だって、アオイだとかミサキだとかユミコだとか、とにかく別の女がいて、みんな私によくしてくれた。その上、私は自分が稼いだわけではない金で私立のいい大学に通い、筋肉の鎧に覆われた健康な肉体を持っていた。悲しむ理由がなかった。悲しむ理由がないということはつまり、悲しくなどないということだ。

自動販売機から離れ、けろっとして灯の待つバス停に戻った。悲しくないことがはっきりしたので、むしろ涙を流す前よりも晴れやかな気分だった。温かい飲み物を買ってやれなかったことを詫びると、灯は気にしなくていいと言って、いいから自分にくっつくようにと指示した。私はいつものように灯の耳元に口を近づけ、小型犬の鳴きまねを始めた。灯は私が鳴きまねをする前からくすくすと笑っていた。最初は飼い主の不在を嘆くようにか細く鳴き、徐々に怒りだしたように吠えていく。何十回とやっているが、灯が笑わなかったためしはない。簡単に灯を笑わせることができるので便利だった。

バスは間もなくやってきて、私たちは運よく二人がけの席を確保することができた。人間がいるせいか、バスの中は暖かく、飲み物は必要なさそうだった。

「明日はもっと降るみたいですね。記録的な大雨になるかもしれないって」

灯は携帯電話の画面を指先で撫でながら言った。天気予報を確認しているみたいだった。バスの窓ガラスに雨粒があたり、小気味よい音を立てていた。

「困ったね。色々考えてきたけど、あんまり外に出ないほうがいいのかな」

「私はそれでも大丈夫ですよ。ホテルに一日中引きこもって、おいしいものを食べて飲んで。映画とか見て。部屋の中から雨を眺めて。外は大変だなって。ここは快適だなって。そういうのもいいじゃないですか。そうしましょうよ。私、見たい映画があるんです。ゾンビが人を襲う映画」

灯は楽しそうに笑い、私の右肩にもたれた。私のズボンのポケットに左手を入れ、指先で器用に性器を撫でた。灯は少し前から、外でもよく私にくっつくようになり、ときにはこうして人目を盗んで性器を触った。通路を挟んだ席の男が、私の目を見ている。男は年配で眼鏡をかけ、どこか納得がいかないような表情を浮かべていた。鞄が目隠しになっているから、灯が私の性器を撫でているのはわからないだろう。だからというわけでもないが、私の性器は勃起しつつあった。

「でも、せっかく北海道まで来たのにもったいないんじゃないかな。それだと向こうにいるときと変わらないよ。ゾンビの映画だったら向こうでも見れるし」

「せっかく北海道まで来てそういうことをするから価値があるんですよ」

灯はわかるようでわからないことを言った。私はとりあえず微笑み、左手で灯の右手を握った。灯の手はまだ冷えていた。でもすぐに温かくなる。

実際に、次の日私たちはホテルから一度も出ることがなかった。夜遅くまでセックスを続けていたから、ふたりとも起きるのは遅かった。私は何か食べようと提案したが、灯が私から離れようとせず、いつしかまた眠る前のようにセックスを始めていた。結局、その日最初の食事をとったのは夕方近くになってからだった。何を食べたのか、よく覚えていない。とにかく部屋の中で食べた。そして食事の後はすぐにセックスに戻った。

映画は前日のうちに借りてあったから、一応テレビに映しはした。灯が見たいと言った、ゾンビが人を襲う映画だった。でも灯は私の体を触ることをやめず、ろくに画面を見ていなかった。だから私は、ゾンビの映画であるにもかかわらず、ゾンビが出ないうちに灯を押し倒した。これは相手の同意がない場合、罪にあたる行為だが、灯は私の下で幸福そうに笑っていた。それを見た私も幸福だったか？　同じ行為であるのに、同意の有無によって結果が大きく異なるのは、不思議な気もした。

気がついたときには、テレビの画面は真っ暗になっていた。今度はちゃんと見ようとふたりで笑いながら、もう一度再生ボタンを押した。そして今度もゾンビが出る前にセックスを始めた。馬鹿みたいだった。でもおかげで誰もゾンビに食われずに済んだ。

その日の真夜中、少し変わったことがあった。

日付が変わる頃、私はひとりで浴室に行き、シャワーを浴びた。部屋に戻ると、さっきまでベッドに寝転んでいた灯が椅子に座っていた。座り心地のいいソファではなく、なぜか机の前に置かれた比較的簡素な椅子のほうだった。机に向かって何かをしているのではなく、体はテレビのほうに向けていた。やけに背筋をまっすぐ伸ばし、膝と膝、踵《かかと》と踵をぴったりとくっつけていた。両手をふとももの上で重ね、まるでこれから採用面接でも受けるような佇《たたず》まいだったが、服を着ていなかった。私たちはその日、ずっと服を着ていなかった。だから灯が裸でいても驚きはない。しかし、何も身につけていない人間が、このような座り方をしているのは異様だった。

灯はテレビをじっと見つめていた。テレビからは音声が出ておらず、映像だけが流れ、女のゾンビがものすごい速度で走っていた。ゾンビは顔や体が赤黒く溶《と》け、首の中央は何かに食われたように大きく抉《えぐ》れていた。衣服はライオンが長いこと玩具にしていたかのようにあちこちが切り裂かれ、血液らしき液体で汚れていた。

ゾンビは清掃の行き届いた広い道を走り、空は曇っているのに明るかった。車は走っておらず、停まっているのが何台かあるだけだった。片方のタイヤだけ歩道に乗り上げた黒い車があり、小便をする犬のようだった。道の両側にはこぎれいな建物が整然と並んでいたが、中に人の気配はなかった。どの店も電灯はついていた。服屋が多く、着飾ったマネキンが何体も立っていた。

ゾンビの先には、三十過ぎくらいの髭《ひげ》の生えた男がいた。男は肩幅が広く、二の腕が太かった。腕をよく振り、かなりのスピードが出ていただろう。しかしゾンビはさらに速く、間もなく男の背中に飛びついた。男はたまらず倒れて地面を転がった。仰向けになった男の喉仏に、ゾンビがすぐさま食らいついた。男は目を見開き、口を大きく開けた。喉の奥のほうまでずっと見え、男の中がどうなっているのかがわかった。男は逞《たくま》しい両腕を使って必死にゾンビを引き剥がそうとしたが、ゾンビは押されても殴られても動じずに首を食い続けた。灯が私を見ていた。ゾンビの映画が灯の顔と体を白く照らしていた。

「私、怖いんです」

灯は姿勢を崩すことなく、まっすぐに私の目を見つめていた。私は灯の右手を引いて椅子から立たせ、彼女を正面から抱き締めた。体が冷えているのがわかった。ベッドに寝かせ、布団をかけた。灯が何を考えているにせよ、裸の人間にあのような座り方をさせておくべきではなかった。私も布団の中に入り、灯の隣に寝そべった。シャワーを浴びてみて初めて気づいたが、灯の体には乾いた体液のにおいがまとわりつき、ひどく臭かった。

やがて灯は、小さな声でぽつぽつとためらいがちに話を始めた。私は左腕で腕枕をし、右手で時々灯の髪を撫でたり、尻をとんとんと軽く叩きながらそれを聞いた。その間も灯の体はもちろん臭っていた。灯はどうやら、日に日に強くなる自分の性欲に戸惑っているようだった。体がおかしくなったのではないかとか、ほかの人はこんなふうにならないのではないかとか、そういうことを考えるらしい。灯が日を追うごとに積極的になっているのは私も気づいていた。しかし私はそれを基本的には喜ばしい変化だと捉えていた。

少し考えてから、それはきっと私たちが強く結びついている証だと言った。そんなことを言うのは気が引けたが、灯が抱えているネガティブな感情を払拭《ふっしょく》することが大事だった。

「でも疲れませんか？　一日中私の相手をしてて。ずっと運動してるようなものですよね。私、これでも陽介君の就活の邪魔しちゃいけないと思って、今まで遠慮してたんです」

「遠慮しなくても大丈夫だよ。筋トレだけじゃなくてランニングもしてるし。俺は何度だって蘇るよ」

右腕で力こぶを作ってみせた。灯はまだ浮かない顔をしていたが、私の上腕二頭筋を指でつつき、硬いと言って少し笑った。灯にはいつも笑っていて欲しい。

私は灯の耳元に口を近づけ、小型犬の鳴きまねを始めた。

＊

十、九、八と数え、また十に戻った。十を三回数えた後で、たっぷり五秒ほどかけて九と言った。
選手たちは、花壇《かだん》の縁に手をついてスクラムの姿勢をとっている。花壇には私の知らない黄色い花が咲いている。バックスの選手はスクラムを組まないけれど、これは体幹《たいかん》を鍛えるいいトレーニングになるから、チームの全員にやらせている。適切な姿勢をキープしないと効果がないし、楽なので、少しでも崩れている選手には尻を叩くなどして注意を与えた。

ふと、制服を着た女生徒がふたり、手を繋いで向こうからやってきた。何を話しているのかは聞こえないけれど、怪訝《けげん》な顔で我々を見ている。筋肉質な男たちが一列に並んで花壇に手をついている光景が、外部の人間には奇妙に見えるのかもしれない。

私も佐々木に散々やらされたので知っているけれど、この練習は端《はた》で見ているよりもかなりハードだ。ひたすらじっとしているしかないので気を紛らわすことができず、自分の限界と毎秒向き合い続けないといけない。これは今日のラストだから、選手たちは既に相当な距離を走り、何度も倒したり倒されたりを繰り返した後だった。このメニューが始まる前から、既に余力はほぼないだろう。だからこそやる意味があった。

先程までわざとらしく悲鳴を上げていた選手たちも、本当に限界が近いのか静かになりつつあった。そろそろかと思い、私は普通にカウントを始めた。ゼロと言うのと同時に、残っていたすべての選手が崩れ落ちた。その前に耐えきれず崩れてしまった選手も何人かいた。誰が一番に立ち上がるか、楽しみに予想しながら待っていたが、倒れたまま完全に動かなくなってしまうか、地面をゆっくりと転がるだけで、誰も立ち上がろうとしなかった。中には涙を流したり、口から涎《よだれ》を垂らしている選手もいた。

そのような様を眺めながら、私は嬉しかった。彼らは今まさに自分たちの限界を打ち破り、強くなろうとしている。自分たちより経験が豊富であったり、恵まれた体格や身体能力、センスを備えた相手に勝つためには、当然相手よりもハードな練習が必要だ。現状ではまだ厳しいけれど、これを継続していけば、創部以来初の準決勝進出も見えてくるだろう。

「よし、もう一セットやろう」

私がそう言うと、選手たちが静かに絶望するのがわかった。拒否できるものなら拒否したいけれど、声を上げる気力さえもう残っていないという様子だった。やりたくないのは当然だ。誰だってつらい思いはしたくない。早く家に帰って心ゆくまで眠りたいだろう。しかし、やりたいことだけやっていても強くはなれない。自分たちではとてもやろうと思わないような厳しい練習、それを課して彼らを強化するための装置が佐々木であり私だ。

私はそう考えていたから、今日はこれでおしまいにしようと佐々木が言ったのを聞いて、ひどく驚いた。佐々木は手を叩き、選手たちの健闘を称《たた》えている。選手たちも、安心したようにだらしない笑みを浮かべている。もう一セットやらせてくださいと、自分から言い出す者は誰もいない。私はこの光景に、強い違和感を覚えた。今のままで準決勝に行けると本当に思っているのだろうか。私立の強豪校は今も汗や血を流し、刻一刻と強くなっているだろう。

佐々木をにらみつけるが、選手たちに調子のいいことを言うばかりで一向に私を見ない。佐々木は以前、こんなに腹が出ていたか？　この男は、もう私の知っている佐々木ではないのかもしれない。


練習後、私は佐々木の後について歩いていた。いつものように佐々木の家に行き、肉を食わせてもらうつもりでいた。約束こそしていなかったが、それは毎度のことだった。先程から何度も腹が鳴り、準備は万端だ。もちろん、今後の方針についてもじっくりと話し合わないといけない。しかし佐々木は申し訳なさそうな顔で、今日は肉はなしだと言った。

「実は今日、家内とこれから出かけるんだよ。まあ、たまにはそういうこともしないとな。だから今日はダメなんだ」

そういうことなら気にしないで欲しい、むしろいつも肉をありがとうと私は言った。何か考えがあるのかもしれないと思っていたけれど、佐々木が選手たちのことなど考えていないと、これではっきりした。この男は、妻とデートをしたいがために、練習を早く切り上げたのだ。

途中までだったら車で送ってもいいと佐々木は言ったが、駅前で何か食べていくからと断った。この男の顔をこれ以上見ていたら、私は何をするかわからない。昼食代として二千円を渡されたので、それは受け取った。

高校を後にして、駅の方向へゆっくりと歩く。在学中は、毎日のようにこの道を使っていた。すぐに電車に乗るのではなく、頭を冷やすために、このあたりの景色をゆっくりと見て回るのもいいかもしれない。私は当時、寄り道をほとんどしなかった。だから、三年間ここへ通っていたにもかかわらず、一本向こうの道がどうなっているのかさえわからない。が、腹が減っていたのを思い出し、近くのファストフード店に入った。

　私が高校に入学した当初からこの店はあり、店内の様子にも変化はなかった。私たちの部活は、食事にも気を使う必要があった。だから滅多に来ることはなかったけれど、数ヶ月に一度くらい、頑張った自分たちへの褒美《ほうび》として利用していた。一度、私たちを見つけた佐々木が、店の中に入ってきた。注意されるのかと思ったら、佐々木はテーブルの上に何枚かの千円札を出し、これでもう一品ずつ頼めと言って出ていった。あれは決してねぎらいなどではなく、少しでも体を大きくして強くなれという、指導の一環《いっかん》だったはずだ。過ぎたことを思い出しながらメニューを読んでいると、近くに座っている客の会話が聞こえた。

「そんなにやりたいなら大学の部活入ればいいのにな」

「大学じゃ通用しないんだろ。たぶん自分が一番強くないと嫌なんだよ、だからいまだにここに来てイキッてんの」

「もう四年でしょ？　やばいよね。就活とかしてないのかな」

「みんながみんな上を目指さないといけないみたいな考え方、やめて欲しいよな。

いや、別に上を目指してないって言ってるわけじゃないよ。でも他人に無理やり強制されるのは違うと思う。

百歩譲《ゆず》って俺たちはいいよ。でも一年生にはまず楽しい部分を教えてあげたほうがいいと思う。あんなの全然楽しくないし、それでこのスポーツが嫌になって部活辞めたりしたら、一生嫌な気分引きずるよ。テレビで日本代表の試合とか見るたびに嫌な気分になってさ。ああ、あのとき自分はここから逃げたんだって、いちいち思い出してさ。

俺はあいつらにそんな思いさせたくない。そんな人生はかわいそうだから」

客はパーテーションの向こう側にいたから、顔までは確認できなかった。私は、チーズバーガーを食べるはずだった。ところが、急に魚のバーガーが私の心を捉えた。魚のバーガーだけでなく、よく見てみれば、すべてのハンバーガーが色鮮やかで、おいしそうだった。この中から、どれかを選べというのか。どれかを選ぶということは、どれかを選ばないことを意味し、今の私にはとても、そんなことはできそうにない。外国人の店員が私を見ていた。私は彼女に背を向けて外に出た。

早歩きでまっすぐ駅へ向かい、改札を通り抜けた。エスカレーターの右側を一段飛ばしで上り、閉まりゆくドアを肩でこじ開けて電車に乗った。ドアの近くに立っていた腹の出た男が舌打ちをし、非難するような目を私に向けた。白眼が濁《にご》っている。男はおそらく五十くらいで、中途半端に髭を伸ばし、髪が散らかっていた。男の左手には酒の缶があり、右手には魚肉ソーセージが握られていた。ここは酒を飲む場所ではないし、魚肉ソーセージを食べる場所でもないだろう。

腹が減っていたこともあって、私は男に一歩近づいた。男の口から漏《も》れたアルコールの臭いが、私を一層不快にさせた。電車で乗り合わせる男には、口が臭うのが多かった。ドアに手をついて逃げ場をなくし、男の眼を覗き込んだ。男は情けなく眼を泳がせた後でうつむいた。急に具合でも悪くなったように、長いことそのままじっとしていた。私はいつまでも続けようとしたけれど、しばらくすると男が小さな声ですみませんと言ったため、次の駅で降りた。

改札を抜け、あたりを適当に歩いた。どうも先程より気温が上がったようで、長くは歩けなかった。私の降りる駅は、本来ここではない。早く家に帰ってシャワーを浴びたいと思ったけれど、先程食い損ねたのと同じファストフード店が見え、中に入った。トイレに近い二人掛けの席がちょうど空いていて、そこに荷物を置いた。私はトイレから出てくる人間の顔を見るのが好きだから、いい席が取れたと感じた。レジに並んでいる間も荷物が視界に入り、盗難の危険もなかった。

外国人の店員が私の相手をし、トイレがよく見える席で、チーズバーガーと魚のバーガー、それからチキン、珍しいパイを食った。二つのバーガーやチキンを食っているとき、私の気分は決して悪くなかった。しかしパイを食う頃にはまた苛々し、あの魚肉ソーセージの男のように、誰か憂《う》さ晴《ば》らしの相手がいればいいのだが、と考えた。この店は明るく善良な他人で満たされているように見え、私はあまり長居をしなかった。

＊

久しぶり。元気でやってるか？

あれから俺は何社も受けまくってさ、今日初めて内々定が出たよ。全然第一志望とかではないし、給料も望んでたほど高くはないんだけど、今まで全部ダメだったから、かなり嬉しくてさ。親にも電話しちゃったよ。普段そんなことしないのにな。なんかさ、今はこんな俺を採用してくれてありがとうって思いがすごくて。御社のために頑張りますって気持ちだよ。エントリーシートを書いてるときとか、面接のときはそんなこと思ってなかったのにな。受かってからのほうが、そういう気持ちになるんだ。でもさ……。

俺、就活中もずっとお笑いのこと考えてた。考えないようにしても、気づいたら考えてた。そしたらさ、かなり遅いかもしれないけど、この何ヶ月かで色々わかったんだよ。俺は自分の頭の中に今あるものだけでネタを作ろうとして、周りをまったく見てなかった。身近なところで言えば、同じサークルの奴らのネタも酔っぱらってて見ちゃいなかったし、劇場にもあんまり行ってなかった。テレビでお笑い番組を見てても、粗探しをするばかりで学ぼうって姿勢がなかった。もちろん日本だけじゃなくて、世界にも色々なコメディアンがいる。今はまだあんまりよく知らないけど、この時代だから、ネットで色々見ることもできるだろう。海外の笑いを日本向けにアレンジしてみたら、新しいものができるかもしれない。

それに、知ってるか？　お前は頭がいいから何を今更って思うかもしれないけど、お笑いのことを教えてくれるのはお笑いだけじゃないんだ。そのへんでチュンチュンやってるスズメとか、木とか、そういうなんでもないものにもヒントが隠されてる。全部が師匠なんだよ。

だから俺は、もう一度お笑いを一から勉強して、今度こそお笑いで勝負したい。でもせっかくもらえた内々定とか、新卒ってカードを捨ててお笑い一本でやっていくかっていうと、それはすごく怖い。飛び降りるつもりで、ベランダから地面を見下ろしてるときみたいな気持ちになる。やろうとしたことがあるからわかるんだ。あのときにすごく似てる。俺はあのとき、飛ばなくてよかった。今回も飛ばずに終わって、それであのとき飛ばなくてよかったって思うんだろうか？　喋りすぎたな。これは俺が自分で決めなきゃいけないことだ。

お前も明日、試験の結果がわかるんだろ？　きっと大丈夫だよ。お前は規則正しい生活を送ってるし、酔っぱらって正気を失くすこととかもないから、たぶん公務員に向いてるよ。受かってたらさ、社会人が行くような、ちょっといい店に行こうよ。万が一落ちてたら、それでも行こう。そのときは俺のおごりってことでいいから。俺もそんなに金があるわけじゃないし、これからもっと生活が苦しくなるかもしれないから、お前が受かってくれてたほうが助かるけど。そういえば、お前はどうして公務員になりたいんだっけな。今度聞かせろよ。

じゃあ、結果が出たらすぐ連絡くれよ。来なかったら、ダメだったのかなとか考えちゃうから。

*

灯の中に指を入れたまま、一瞬だけ眠った。セックスの最中に眠るのはマナーに反することだ、助手席で眠るのと同様に。しかし、体力的に限界だった。灯は私が眠ったことに気づいていないようだ。自分で体を動かしているから、私に意識があるかどうかは問題ではないのかもしれない。外は明るくなりつつあった。今日は朝からバイトがあると灯が言っていたのを思い出し、もう少しの辛抱《しんぼう》だと思った。これもある種のトレーニングだ。

灯の性欲は近頃一層強くなり、ついていくのが難しかった。筋トレや走り込みはもちろん続けていた。灯と会う前には十分な睡眠をとるように心がけていたし、食事にも気を使った。精がつくと聞いた牡蠣《かき》やナッツ、ニンニクやオクラなどの食べ物を積極的に摂取《せっしゅ》し、ドラッグストアで売られているサプリメントにも手を出した。一定の効果はあった。私の精力や持久力には若干の向上が見られた。それでも灯を満足させるには足りなかった。

昨日はふたりとも丸一日予定がなかったから、外へ出かけようと提案した。白いブラウスを着た若い気象予報士が、よく晴れた暑い日になると言っていた。彼女の言うことはきっと正しいから、水族館に行って、イルカショーでも見ようという話をした。前のほうの席に座って、少しくらい水しぶきを浴びてみるのも面白そうじゃないかと。灯はそれを断った。イルカは嫌いかと聞くと、決してそうではないらしい。でもとにかく、セックスをしないと物事にうまく集中できないという。

結局、言われるがまま灯の家に行った。灯の意思に反して無理にイルカを見せても仕方ないし、私にも性欲はあった。しかし私たちは昼からずっとセックスを続けていたから、私の性器は日付が変わる頃に勃起をやめた。休憩を挟んでも、それは変わらなかった。下腹部が激しく痛んだ。ほかの人間はどうか知らないが、私はセックスをしすぎると、下腹部が痛くなる。それに加えて、今回は割れるような頭痛もあった。

「ねえ、灯。昨日の夜はあまりご飯を食べていないし、バイトの前に何か食べておいたほうがいいよ。このままだと俺は、灯が仕事中に倒れちゃうんじゃないかって心配だよ」

頃合いを見計らい、私はそう言った。私が止めない限り、灯はいつまでも続けていそうだった。

灯は時計を確認し、心底苦しそうな表情を浮かべてから、私にキスをした。それから私の性器にもキスをし、少し口に含んだ後で、何か声をかけた。彼らだけの内緒話のようで、私には内容が聞き取れなかった。灯は数時間ぶりにベッドから離れ、シャワーを浴びに行った。私たちは昨晩歯を磨《みが》かなかったから、灯の口臭はひどいものだ。きっと私も負けず劣らずひどいだろう。しかし、歯磨きを一度怠《おこた》ったくらいでここまで口の中が臭くなってしまうのは、あんまりではないか。人間の設計にそもそも誤りがあるとしか思えなかった。

ベッドから起き上がった。灯の朝食になるものを探すためだ。体を動かそうとすると、頭の痛みは一層激しくなり、まるで水の中にいるかのように、ゆっくりと時間をかけないといけなかった。数歩先の冷蔵庫にやっと辿りつくと、中に食べ物は入っていなかった。灯が料理をしなくなったのはいつからだろうか。記憶を辿ってみたが、私にはわからなかった。

枕に頭を乗せて仰向けになり、手足を伸ばしながら天井を見つめた。こうしてよく見ると、天井には横に並んだ二つの薄いシミがあった。シミは目のようにも見えたけれど、目のように見えるというだけで、それ以上は何も意味しないはずだった。このまますぐにでも眠りにつけそうだったが、酸素が足りない気がして窓を開けた。ベランダの手摺《てすり》にスズメがとまっているのが見え、外、と思った。振り返ると、服や大学の教科書、プリントなどが散乱した暗く湿った部屋があった。

水槽を見ると、泳いでいるメダカは一匹しかいなかった。メダカたちの区別は灯にもつかないから、最後に残ったこのメダカが卯《ウサギ》なのか午《ウマ》なのかそれ以外なのか、誰にもわからない。

身支度を整えると、私たちは日吉駅に近いカフェに向かった。灯と初めて会った日に行ったカフェだ。

気分が優《すぐ》れず、灯の許可を得て店外の席をとった。灯はハムの入ったサンドイッチと冷たいカフェラテを頼んだ。金はいつものように私が払った。私も灯と同じく昨日の夜はほとんど何も口にしなかったけれど、食欲は微塵《みじん》も湧かなかった。精をつけるためには、朝食もしっかりとるべきだと頭ではわかっている。でも体がついてこなかった。どのような飲食物も摂取する気になれなかったが、金を払わず席を使わせてもらうのはマナーに反する。私はアイスコーヒーを注文した。

灯がサンドイッチを食べるのを見ているうちに吐き気を覚え、それからは努めて遠くを見ていた。吐き気を抑えるためには、アイスコーヒーを飲んだほうがいいのか。それとも何も口にしないほうがいいのだろうか。

「あの、聞いてくれますか」

灯はカフェラテのカップを両手で持ち、自分のふとももあたりを見つめていた。サンドイッチがなくなっていることに気づき、どこへいったのだろうと不思議に思ってから灯の胃の中だと気づいた。いい話でないことは、聞かなくてもわかった。でも、どのような種類の悪い話なのかまではわからなかった。

「少し前に、麻衣子さんとお会いしたんです。いつもみたいに陽介君の家に泊まって、駅の改札に向かって歩いているときでした。改札を抜けてきた麻衣子さんがなにげなくこちらを向いて、目が合ったんです。だからあそこで会ったのは偶然だと思います。でも私にあの人のことがうまく理解できているとは思えないから、本当に偶然なのかどうかはやっぱりよくわかりません。とにかく、偶然としか思えないようなタイミングではありました。

麻衣子さんはその場で立ち止まって、私を見ていました。知らない人だから、そのまま無視して改札を抜けてもよかったのですが、なんとなく気になって、私も足を止めてしまいました。私が立ち止まった後も、麻衣子さんは何も言わず、私をじっと見ていました。私は、麻衣子さんの眼球の動きに気づきました。麻衣子さんが、スニーカーだとか、指だとか、私を細部まで観察しているのがわかりました。

怖くなって、トートバッグを体の前に回しました。そして、勇気を出してこんにちはと言いました。不審者から身を守るには挨拶をするのがいいと聞いたことがあって、それを実践したのです。すると、麻衣子さんもこんにちはと言いました。言葉を交わしたことで、私はほんの少しだけ安心しました。

麻衣子さんはそれから、もしかして灯さんですかと、私に尋ねました。そうだと答えると、麻衣子さんは微笑んで、自分は陽介君の友人なのだと言いました。私は直感的に、この人が麻衣子さんだと思いました。そして結果的に合っていました。

麻衣子さんに誘われて、私たちは近くのカフェで一緒にお茶をしました。麻衣子さんは私に、実は少し前まで陽介君と付き合っていたのだと打ち明けました。でも、別に私のことを恨《うら》んでいるとか、まだ陽介君のことを引きずっているとか、そういうことは一切ないのだとも言いました。私には、麻衣子さんが本当のことを言っているように思えました。麻衣子さんも、今は別の方と、たしか広告代理店で働いている方と、結婚を視野に入れたお付き合いをしているという話でした」

私はアイスコーヒーをひとくち飲んだ。麻衣子に新しい恋人がいると聞いたのは、このときが初めてだった。灯の手を握りたくなったが、灯の両手はカフェラテで塞がっていた。

「それから私たちは、陽介君とは関係のない話をしました。出身とか、サークルに入っているかとか、そういうことを麻衣子さんが聞いて、私がそれに答えて同じことを聞き返すというかたちでした。

最初に抱いていた警戒心みたいなものは、徐々に薄れていきました。麻衣子さんは、どこからどう見ても素敵な先輩でした。桜色のワンピースがとても似合っていて、私は結局自分から話を振ることはできませんでしたが、私の知らない陽介君の話を聞かせて欲しいと思ったし、タイミングを見計らって連絡先を聞きたいと考えていました。麻衣子さんが腕時計をちらりと見てそろそろ行かなくちゃと言ったとき、私は残念に思いました。

麻衣子さんが私の分まで会計を済ませ、私たちは外に出ました。空に雲のない日でした。麻衣子さんがとても自然に日傘を差して、それは桜の刺繍《ししゅう》が入った白い日傘でした。私は少しだけ見惚《みほ》れてしまいました。その日傘が、麻衣子さんにとてもよく似合っていたから。私は桜の花に吸い寄せられるように、勇気を出して麻衣子さんの連絡先を聞きました。すると麻衣子さんはその返事をするみたいに、この前終電を逃して、陽介君の家で休ませてもらったのだと微笑みました。私には、意味がわかりませんでした。実を言うと、今でもよくわかっていません。私が言葉を探しているうちに、麻衣子さんは日傘を差しながら大学のほうへ歩いていってしまいました」

灯はそこで喋るのをやめた。カフェラテをひとくち飲み、それから私の目をじっと見つめた。それでやっと、私が何かを言わなくてはいけない番なのだと気づいた。私は弁解をしようとしたが、考えがまったくまとまらなかった。

私が何も言わないうちに、灯は何かを得心したようにうなずいた。

「そうですよね、考えてみれば、陽介君が初めて私の家に来たときだって、陽介君はまだ麻衣子さんと付き合ってたんですもんね。陽介君には、最初からそういうところがあったってことですよね」

違うんだと私は言った。少し大きすぎる声が出て、目の前の道を歩いていた若い女が、怯えたように私を見た。私は彼女の敵ではないのだから、そんな目で見るのはやめて欲しかった。

灯は何も言わず、道路の向こう側を見ていた。視線の先にはファストフード店があり、店の前にはスポーツウェアを着た大学生風の男が立っていた。

男は巨大なバッグを左肩から提げ、誰かと電話をしていた。身長は百八十以上あるだろうか。肩幅の広さや胸板の厚さ、首やふとももの太さには目を見張るものがあった。それでいて脂肪はほとんどついていない。おそらく、とても実用的な筋肉だ。男が着ているウェアは鮮やかな白色で、日に焼けた逞しい上腕二頭筋がとてもよく映えた。男は携帯電話を耳にあてていたので、まるでその美しい上腕二頭筋を私たちに見せつけているかのようだった。

「陽介君は私によくしてくれているし、麻衣子さんに特別な感情を持っていないのも信じられる気がします。きっとただ純粋に、陽介君は性欲に勝てなかっただけなんですよね。少し前までの私だったらともかく、今は陽介君の気持ちがわかります。性欲はとても強いです。負けてしまうのも無理はないです」

灯が私をまっすぐに見ていた。灯は正面から見るよりも横顔のほうが美しいと、このとき私は気づいた。それに、真剣な顔をしているよりも、笑っているほうが美しい。私は少し、納得がいかなかった。私たちは昨日から今日にかけて、ずっとセックスをしていた。どうして今はこんな話をしているのだろう。

「北海道に行ったとき、相談しましたよね。そういうことをしたいって気持ちが日に日に強くなってるって。でもあの日、本当に言いたかったことは言えなかったんです」

電話が終わり、スポーツウェアを着た男が、駅とは反対の方向へゆっくりと歩きはじめた。後ろから見ると、下腿《かたい》三頭筋の発達ぶりがよくわかった。灯も男の後姿を目で追っていた。

「正直に言って、私は相手が陽介君じゃなくてもいいと考えるようになっていたんです。大学とか電車で筋肉質な男の人を見ると、あ、抱いて欲しい、って自然に考えるようになっていたんです。でもそのたびに私には陽介君がいるからって、そんなの絶対にいけないし、心の中で思うだけでも陽介君に対する裏切りになるって思ってたんです。だから私はいつもポケットに安全ピンを入れておいて、そういうことを考えそうになると、それを自分の指先に刺してたんです。でも私がそうやって我慢していたのに、陽介君は我慢しなかったんですよね。

これは、今朝まではよくわからなくて、今やっとはっきりしたことだけど、私、陽介君のこと許せない」

灯は席を立ち、駅とは反対の方向へ歩き出した。私は、とっさに立ち上がり、灯に手を伸ばした。しかし灯は私の手を払い、歩く速度を速めた。喫茶店の中のスーツを着た男が、私を見ていた。彼はマグカップに入った何かを飲んでいて、左手には結婚指輪があった。灯、と私は叫んだ。灯はそれを無視した。私が急に立ち上がったために、カフェラテとアイスコーヒーのカップがテーブルから落ち、地面の上で汚く混ざり合っていた。

走りながら、待ってくれと言った。灯の前に回り込み、聞いてくれと言った。灯は下を向き、私の横をすり抜けていこうとした。私は口角を上げ、灯の両肩を優しく摑《つか》んだ。灯は無言のまま、私の腕をまた振り払った。次第に、腹が立ってきた。話しかけている人間を無視するのは、やめておいたほうがいいだろう。決して振り払われないように、今度は力を込めて灯の腕を摑んだ。灯の腕は細く、私はこれを、どのようにでも扱うことができると思ったが、右手に鋭い痛みが走った。自由になった灯が駆けていく。私の手から、血が流れていた。灯が何かを落としていったことに気づき、よく見るとそれは安全ピンだった。

灯が走っていく先には、先程のスポーツウェアを着た男がいた。灯が男を追い抜いていく。灯は首の動きだけでわずかにこちらを振り返り、そして笑った。どうして笑っているのだろう。私は再び灯を追って走り出したが、追いついたとして、それからどうしたいのか、私にもわからなかった。灯は笑顔のよく似合う子で、灯にはずっと笑っていて欲しいと私は願っていたはずだが、そういう認識で合っているか？　体力的に限界だったせいか、私はめまいを感じ、まっすぐに走ることが難しかった。縮まりつつあった私たちの距離が、また開いていく。遠くなっていく背中を追いかけながら、私は何かを叫びそうになり、結局何を叫べばいいのかわからなかった。

スポーツウェアを着た男が、こちらを振り返った。私の存在を認めると、私から灯を隠すように、私の正面に立った。これではまるで、この男が灯の味方で、私が灯の敵ではないか。私はこの男を敵と認識した。

「ちょっと、何してるんですか？」

男は敬語こそ使っているものの、はなから私を暴漢《ぼうかん》か何かだと決めつけているのが声の出し方でわかった。構わず男の脇を走り抜けようとする。これは私と灯、ふたりの問題で、事情を知らない他人に私の邪魔をする権利などない。が、男はさっと足を運んで私の前に回り込み、全身を使って私の体をやわらかく受け止めた。私はひどく驚いた。どうして、道の真ん中で見ず知らずの人間に抱き締められないといけないのだろう。男の腕の中で激しく暴れ、その拍子に私の肘《ひじ》が男の顎を打った。男が持っていた巨大なバッグが地面に落ち、中から球ひとつ零れてゆっくりと転がった。

男は手で口元を押さえていた。口の中を切ったのかもしれない。灯は道を曲がったのか、いなくなってしまった。こんな男の相手をしている場合ではなく、早く追いかけて、捕まえないといけない。アスファルトを強く蹴り、全力で走り出した。すると男の腕が私の首を強く打った。

よろめいて後ずさり、男をにらみつけながら激しくせき込んだ。意識が飛んでいてもおかしくないほどの衝撃だった。視界はまだ揺れている。男が私の左腕に触れ、謝罪の言葉を口にした。謝って済む話ではなく、犯した罪はしっかりと償わせてやらないといけない。私は男の股間を蹴り上げた。男は情けない声を上げ、滑稽なことに、股間を押さえて前屈みになった。が、すぐに体勢を立て直し、いよいよ怒り心頭といった様子で襲いかかってきた。今度こそと思い、拳を固め、あらん限りの力で男の顎を殴り飛ばした。その瞬間、殴ったのは私であるのに、なぜか背筋が寒くなった。男の体がぐにゃりと崩れた。それはひどく気味の悪い倒れ方で、どうやら私は何かとんでもないことをしてしまったのだと理解した。

すぐに顔の横に跪《ひざまず》いて男に呼びかけた。反応はなかった。眼は開いているものの、私を見ていないし、おそらく何も見ていない。肩を叩いたり体を揺すったりしても同じだった。そんなはずはないだろうと私は思った。この男は、この逞しい体を作り上げるため、今日まで大変な努力をしてきたはずだ。食事にも気を使ってきただろう。トレーニングにはかなりの時間を費やしただろう。己を日々限界まで追い込んできただろう。男の肩を強く叩き、大声で呼びかけた。名前を知らないと呼びかけにくいと思い、また肩を強く叩いた。私の手からは、まだ血が流れていた。男の白いウェアは、私が叩くたび少しずつ汚れていった。あたりを見回して灯を探すが、やはりどこにもいない。男が落とした球が転がっていることに気づき、反射的にそれを拾い上げた。そして、胸の前で強く抱き締めた。本当なら灯を抱き締めたいが、灯は今ここにいないから、そのかわりだった。しかし、結果的には球のほうがよかったのかもしれない。変形を防ぐためだろう、球には空気が十分に入っていなかった。球は私の力をやわらかく受け止め、抱いているのは私であるのに、私は父親に抱かれているような安心を受け取った。

私はいつまでもこうしていたかったが、視界の端に若い女が立っていた。女は髪を落ち着いた茶色に染め、晴れた日の空に似た色のワンピースを着ていた。私の知らないその女は、私を見ながら真剣な顔でどこかへ電話をかけていた。女は私と目が合うと怯えたように後ずさり、私は反射的に駆けだした。女は逃げたが、ヒールのある靴を履いていて、足が遅かった。靴の少し上、右の足首に黒い点があった。黒い点は激しく動き、懸命に飛ぶ蠅《はえ》のようだった。この蠅が私を誘うように思ったが、そんなはずはなく、それは蠅ですらなかった。

その気になれば、私はいつでもこの女を捕まえられた。しかし、わざとゆっくり走り、女の髪や服の動き、腕の振り方や膝の裏、右足首の黒い点などを観察していた。というのも、この女を捕まえたところで、何の意味もないと気づいたからだ。私が追いかけていたのは、灯だった。この女はどうでもいいし、私が殴り飛ばしたあの男も、私と何ら関係がなかった。走りながら左右を確認するが、やはり灯は見つからない。いったいどこへ行ったのだろう。灯はかくれんぼが上手だった。だから案外まだ近くにいて、いつかのように物陰から私を見ているだろう。かくれんぼはもういいから、早くそばに来て私の手を握って欲しい。陽介君ならきっと大丈夫だと言って欲しい。いつものように笑顔を浮かべ、私を安心させて欲しい。この先も必要かどうかはわからないし、果たして今まで必要だったかどうかもわからない。でも少なくとも今の私には灯が必要だった。しかし私は灯にしてもらうことばかり考えていて、もしかして私がこんな調子だから、灯はどこかに行ってしまったのか？　灯が戻ったら、灯が私にして欲しいことを真っ先に聞かないといけない。

もと来た道を、引き返そうと思った。私が動いてしまったら、灯が戻ってきたときに、私を見つけられないからだ。ところが、ワンピースを着た女の向こうから、若い警官がやってくるのが見えた。警官はやや線が細かったが、かなりの速度で躊躇なく私に突っ込んできた。彼の動きは直線的だったので、私はなんとか直前で右に避けた。が、彼の背後に、もうひとり警官がいた。この警官は、十分な勢いと重さでもって正確に私の体の芯を捉え、私は仰向けに倒れた。警官の肩の向こう、雲ひとつないよく晴れた空が、私の上にあった。空をこんなふうに見上げるのは久しぶりで、私はこれを、もっと早く見るべきだったと知った。そして、少し遅すぎたかもしれないが、時間の許す限り、これをよく見ておこうと思った。建物の群れが空を長方形に切り取るから、それだけは少し残念だった。

私がかわしたほうの警官がやってきて、一緒になって私の体を押さえた。警官たちは私ばかりを見て、空を見ない。私は彼らにもこの空を見て欲しかった。私の願望というよりは、そのほうが彼らにとっていいと思ったからだ。空を指差そうと右腕を持ち上げたが、警官たちはそれを許さなかった。私の腕は地面に押さえつけられた。

二人の警官は、間もなく私に抵抗の意思がないと理解し、それ以上手荒なことはしなかった。私は彼らを、尊敬していた、ということができる。彼らは危険を顧《かえり》みず、体を張って、私からあの女を守った。私は彼らをすっかり信頼し、向こうに私が怪我をさせてしまった男がいるから、どうにか助けて欲しいと頼んだ。最初に現れた線の細い警官が、すぐに走っていった。彼の後姿を見ながら、私は顔が綻《ほころ》ぶのを感じたが、それがどうしてなのか、すぐにはわからなかった。しかしやがて、彼らが私の言うことを信じたので、それが嬉しかったのだと理解した。

彼らに任せておけば、私はもう余計なことを考えなくて済むだろう。

気がかりなのは灯のことだったが、少し首を動かすと、警官の後ろに灯が立っていた。仰向けになった私を、灯は黙って見下ろしていた。灯は笑っているように見えたが、よく見るとまったく笑ってなどいなかった。しばらくして灯は、私に背を向けて脇道に入っていった。それは私をひどく失望させる行為だったはずだが、私は疲れていたから、もう何かを思ったりはできなかった。警官が、私の体を優しく押さえていた。彼の手はとても温かく、湯につかっているかのように、心地よかった。私はこのまま、眠ることに決めた。私はいつだって、眠りたいときはすぐに寝付くことができるのだ。

■初出　「文藝」二〇二〇年夏季号

遠野遥　とおの・はるか
一九九一年、神奈川県生まれ。
慶應義塾大学法学部卒業。
東京都在住。
二〇一九年、『改良』で第五六回文藝賞を受賞。

破局《はきょく》

二〇二〇年 七 月三〇日 初版発行
二〇二〇年一〇月三〇日 11刷発行

著者 遠野遥
装幀 水戸部功

発行者 小野寺優
発行所 株式会社河出書房新社
〒一五一−〇〇五一
東京都渋谷区千駄ヶ谷二−三二−二
電話 〇三−三四〇四−一二〇一（営業）
〇三−三四〇四−八六一一（編集）
http://www.kawade.co.jp/

組版 KAWADE DTP WORKS
印刷 株式会社亨有堂印刷所
製本 小泉製本株式会社

Printed in Japan
ISBN978-4-309-02905-4
落丁本・乱丁本はお取り替えいたします。

遠野遥

改良

女になりたいのではない、「私」でありたい。
ゆるやかな絶望を生きる男が唯一求めたのは、
美しくなることだった。
物議を醸すニヒリズムの極北、28歳の新たなる才能。

第56回文藝賞受賞作